KB102195

변혁
1990

15

천지무천 장편소설

FUSION FANTASTIC STORY

변혁 1990 15권

천지무천 장편 소설

초판 1쇄 찍은 날 § 2015년 11월 19일
초판 1쇄 펴낸 날 § 2015년 11월 26일

지은이 § 천지무천
펴낸이 § 서경석

편집책임 § 한준만

펴낸곳 § 도서출판 청어람
등록번호 § 제1081-1-89호
등록일자 § 1999. 5. 31
어람번호 § 제1-2292호

주소 § 경기도 부천시 원미구 심곡2동 163-2 서경B/D 3F (우) 420-822
전화 § 032-656-4452 팩스 § 032-656-4453
http://www.chungeoram.com
E-mail § chungeorambook@daum.net

ISBN 979-11-04-90525-4 04810
ISBN 978-89-251-3388-1 (세트)

변혁
1990

천지무천 장편소설

15

FUSION FANTASTIC STORY

CONTENTS

Chapter 1

　김병중 의원의 전화. 심정적으로는 받고 싶지 않았지만 일을 마무리 짓기 위해서는 통화를 해야만 했다.

　"여보세요."

　─김병중 의원입니다. 일전에는 실례가 많았습니다. 제가 찾아뵙고 말씀드려야 하지만 공사가 다망하다 보니 먼저 전화로 인사를 드리게 되었습니다. 일전에 제 비서관이 시키지도 않은 일을 한 걸 나중에야 알았습니다. 그런데 제 비서관이 좀 억울한 누명을 당해서 제가 좀 곤란한 상황에 처하게 되었습니다. 강 대표님께서 좀 도와주셔야겠

습니다.

사과를 표하는 말이 아니라 마치 자신의 아랫사람에게 지시를 내리는 거만한 말투였다.

세상에는 아부(阿附) 아니면 거만(倨慢)이라는 두 가지 태도밖에 취할 줄 모르는 인간들이 뜻밖에도 많다.

"무슨 말씀을 하시는지 정확히 모르겠습니다. 박수종 비서관께서 명성전자를 찾아온 것은 맞습니다만 단지 그뿐이었습니다. 별다른 일 없이 돌아가셨습니다."

—허허! 왜 이러십니까? 제가 실례를 범한 걸 인정했지 않습니까? 그러지 마시고 도와주세요. 그쪽에서 움직이셔서 박 비서관과 관련된 인물들이 걸려들어 가지 않았습니까? 이 사람 김병중이 약속과 신뢰로 한평생 살아온 사람입니다. 강 대표님께서 도와주시면 결코 이번 일은 잊지 않을 것입니다.

김병중 의원의 말처럼 이번 일로 인해 박수종 비서관과 연관된 인물들이 굴비 엮듯이 줄줄이 문제가 발생하여 평생직장을 잃거나 좌천되었다. 더구나 박수종 비서관도 비리와 관련되어 경찰 조사를 받고 있었다.

'약속과 신뢰라… 전혀 믿음이 가지 않는 말이군.'

진정성은커녕 상투적인 말로써 지금의 위기를 벗어나려는 모습이 엿보였다.

그의 말투에는 반성이 아니라 정말 재수 없는 일이 생겼다는 뜻이 느껴졌다.

"죄송한 말씀입니다만 저는 사업을 하는 사람이지 의원님을 도울 만한 힘 있는 사람이 아닙니다. 문제가 발생한 분들은 개인적인 비리가 드러났다는 소리를 들었습니다. 저와 명성전자하고는 아무 관련이 없는 상황입니다."

─어느 분께서 강 대표님의 뒤를 봐주는지는 모르겠지만 이렇게 계속했다가는 그분도 다치십니다. 이쯤에서 끝내고 서로 좋게좋게 지냅시다. 제가 임기 동안 확실히 강 대표님을 도와드리겠습니다.

'이거 어떻게 해야 하질 난감한데. 박영철 차장이 일을 어떤 식으로 처리했는지를 알아야 제대로 대답을 할 텐데.'

현재 김병중 의원이 어떤 상황에 처해 있는지를 정확히 알지 못했다.

"제가 지금 어떤 상황인지 파악을 하고 전화를 하겠습니다. 그러고 나서 다시 말씀하시지요."

─그래요. 이런 인연도 인연이니 우리 한번 잘 지내봅시다. 조만간 제가 자리를 한 번 마련하겠습니다.

"예, 알겠습니다."

딸각!

나는 전화를 끊고 나자마자 박영철 차장에게 전화를 걸

었다.

―여보세요.

박영철 차장이 바로 받았다.

"강태수입니다. 지금 김병중 의원과 통화를 했습니다. 구청과 소방서에서도 절 찾아왔었습니다. 정확히 어떻게 된 일입니까?"

―하하하! 발등에 불이 떨어지게 하였지요. 전화로는 그렇고, 만나서 이야기하시지요. 전에 말씀을 드렸던 일도 있고 하니까요.

"그럼 전에 뵙던 장소에서 보시지요."

―알겠습니다.

전화를 끊고는 나는 곧장 하얏트호텔로 향했다.

호텔로 향하는 차 안에서 괜한 일을 벌인 것이 아닌가 하는 생각도 들었다.

호텔 안 커피숍에는 안기부의 박영철 차장 말고도 처음 보는 사람이 함께하고 있었다.

40대 초반의 나이로 보이는 사내는 전체적으로 부드러운 인상이었지만 눈만은 달랐다.

마치 두 눈이 불타오른다고 말을 해야 할 정도로 눈 전체가 강렬했다.

"어서 오십시오. 제가 말씀드렸던 명성전자의 강태수 대표님이십니다."

박영철은 나를 보자마자 자신의 옆에 앉은 사내에게 소개했다. 그는 옆에 앉은 사내와는 잘 알고 지내는 사이 같았다.

"신현석이라고 합니다. 박 차장님께 말씀 많이 들었습니다."

신현석은 나에게 오른손을 내밀어 악수를 청했다.

"강태수입니다."

마주 잡은 그의 손은 따뜻했고 한편으로는 노동일을 한 사람처럼 손바닥이 거칠었다.

"여기 계신 신현석 씨는 일본강점기 때 대한통의부 의용군 사령관을 지냈던 신팔균 장군님의 손자가 되십니다."

자신뿐만 아니라 처자(妻子)까지 조국광복의 제단에 바치신 신팔균 장군은 일제하에서 김좌진과 홍범도 그리고 김동삼 등과 함께 만주를 무대로 하여 조국의 독립을 위해 항일독립투쟁을 전개하였던 대표적인 무장투쟁가다.

지청천, 김경천 등과 함께 독립군 인재의 삼천(三天)으로 불리던 지휘관이다.

'솔직히 신팔균 장군이 누구인지를 모르는데…….'

"아! 그렇습니까? 죄송스러운 말씀이지만 제가 신팔균

장군님에 대해 잘 모르고 있습니다. 김좌진 장군이나 홍범도 장군은 들었지만요."

"하하! 강 대표님은 솔직하시네요. 그 점이 마음에 듭니다."

내 말에 신현석은 가지런한 이를 드러내며 말했다.

"사실 관심을 두지 않으면 알 수 없는 이름이 독립운동가들의 이름입니다. 여기 계신 신현석 씨는 현재 광복회에서 일을 하고 있습니다. 제가 강 대표님께 말씀드렸던 인물 중 한 명이 신현석 씨입니다."

박영철의 말처럼 독립운동가는 교과서에나 나오는 대표적인 인물들밖에는 알 수 없었다.

광복회는 65년도에 만들어졌으며 일제에 항거하며 조국 광복에 헌신한 독립유공자와 그 유족으로 구성된 단체다.

"제가 강 대표님의 이야기를 듣고서는 박 차장님께 부탁해 강 대표님을 꼭 만나뵙길 원했습니다. 도대체 무슨 생각으로 달걀로 바위를 치는 일을 시작하시려고 하십니까?"

신현석은 나를 뚫어지게 쳐다보며 다짜고짜 질문을 던졌다. 마치 내 이면을 꿰뚫어보겠다는 듯한 강렬한 눈빛이었다.

그의 말처럼 이미 바위처럼 단단한 권력의 철옹성을 쌓은 이 나라의 정치세력과 친일세력이 이끌어가는 대한민국을 변화시킨다는 것은 무척 힘든 일임이 분명했다. 아니, 불가능할지도 모른다.

'왜일까? 왜 편한 길을 놔두고 어려운 길을 가려고 하는 걸까? 그의 말처럼 달걀로 바위를 치는 일을 시작하려고 하지… 어쩌면 막연한 정의에 대한 동경일 수도… 아니면 영웅이 되고 싶어서일까? 아니야, 지금은 찾을 수 없는 대답이겠지…….'

신현석의 갑작스러운 질문에 머릿속에는 수많은 질문이 떠올랐다가 사라졌다.

잠시 뜸을 들인 나는 천천히 입을 열었다.

"그럼 저도 하나만 질문하겠습니다. 신현석 씨의 할아버님인 신팔균 장군님은 왜 달걀로 바위를 치는 일을 벌이셨습니까?"

내 질문에 날 바라보던 신현석의 눈동자가 흔들렸다. 그리고는 잠시 뒤 큰 웃음을 토해냈다.

"하하하! 어디서 이런 걸물(傑物)을 찾아오셨습니까?"

신현석은 박영철과 나를 번갈아 쳐다보며 물었다.

"하하! 제 눈은 항상 틀리지 않았습니다."

박영철은 신현석의 말에 멋쩍은 표정을 지으며 말했다.

"미안합니다. 제가 사람 보는 눈이 부족해서 항상 두세 번 살피는 버릇이 있습니다. 요새는 일류대학을 나와 일류

기업에서 일하는 것이 최대의 꿈이거나 목적을 두고서는 그 나머지의 삶을 편안하게 사는 것이 최고라고 생각하는 젊은이들이 대다수라, 혹시나 강태수 대표님도 이러한 생각을 가진 부류인가 알고 싶었습니다. 물론 강 대표님은 사업을 하고 계시지만요."

신현석의 말처럼 나 또한 돈을 많이 벌어 편안하게 살고 싶은 생각에서 사업을 시작했다.

나를 비롯하여 일반적인 사람들 대다수가 행복하고 편안한 삶을 꿈꾸며 안정적인 삶을 쫓았다.

이 나라를 걱정하고 민족의 미래에 대한 생각은 다른 사람들이나 하는 것으로 치부했던 것이 얼마 전의 일이었다.

사업이 커지고 한국을 떠나 세계 여러 나라를 둘러보며 겪었던 일들로 내가 가졌던 생각들이 달라졌고, 가졌던 목표 또한 변해갔다. 더욱이 사업을 하면서 겪게 되었던 불의한 일들과 맞닥뜨리면서 정의에 대한 생각이 점점 내 머릿속에 각인되었다.

"저도 얼마 전까지 그런 부류의 사람 중의 하나였습니다. 저의 행복이 우선이었고 제가 하는 사업만이 소중했었습니다. 하지만 그것만이 전부가 아니라는 것을 여러 일을 겪으면서 알게 되었습니다. 그래서 조금이나마 이 나라가 좋은 방향으로 나갈 수 있게 돕고 싶은 마음을 가지게 되었습니다. 그 방법을 찾고 있었을 때 박 차장님께서 방법을 제시해 주신 것입니다."

"자신을 제대로 볼 줄 알고 인정할 줄 아는 사람이 드문 세상이 되었습니다. 박 차장님께 강 대표님의 이야기를 듣고 어떻게 그런 젊은 나이에 큰 회사들을 거느릴 수 있을까 궁금했었는데, 강태수 대표님을 직접 만나보니 확실히 해답을 찾을 수 있었습니다. 이 시대에는 세상을 품을 만한 그릇이 나오지 않는 줄 알았는데 제 생각이 틀렸다는 걸 알게 된 뜻깊은 자리였습니다. 저 또한 강 대표님의 뜻과 함께하고 싶습니다."

신현석은 서울대 사학과를 나온 선배이기도 했다.

그는 학교를 졸업한 후에 일선 고등학교 선생님으로 부임한 후, 일제강점기 때의 반민족 친일행위와 독립운동가의 행적 조사에 힘을 썼다.

자료를 조사하는 과정에서 얼마나 많은 분야에서 반민족 행위가 이루어졌고, 그러한 일을 행했던 민족의 배신자들과 그 후손들이 대한민국 사회 곳곳에서 버젓이 사회지도층이 되어 살아가고 있는지를 알게 되자 학교를 그만둘 수밖에 없었다.

비뚤어진 역사와 정의를 바로잡기 위해서는 학교라는 한정된 자리에서는 힘에 부쳤다.

더구나 조사하는 과정에서 역사를 바로잡으려 했던 뜻있는 인사들이 알 수 없는 자들에 의해서 목숨을 잃었고, 그에 대한 수사가 흐지부지 끝나고 말았다는 진실을 알게 되었다.

신현석은 민족의 반역자들과 손을 잡은 흑천에 대해 어렴풋이 알게 된 인물이기도 했다. 하지만 미지의 단체인 흑천에 대한 증거와 물증은 어디에서도 쉽게 발견되지 않았다.

또한 신현석은 흑천과 반대되는 백야의 인물도 조사 과정에서 만날 수 있었다.

박영철은 자신의 계획을 밝혔다.

이번 명성전자의 일을 빌미로 해서 구로구 김병중 의원을 조사하는 과정에서 상당한 비리를 포착했고 증거를 확보한 상태였다.

그는 김병중 의원을 이번 기회에 낙마시켜 의원직을 상실하게 만들겠다는 생각이었다.

그리고 의원직 상실로 인해 치러지는 보궐선거에 무소속으로 신현석 씨를 내세우겠다는 구체적인 계획을 내어놓았다.

신현석은 구로구에서 태어났고 지금도 오류동에서 생활하고 있었다.

보통 임기를 채우지 못하고 의원직을 상실하면 90일 이내에 보궐선거가 치러진다.

박영철은 김병중 의원의 의원직 상실과 보궐선거까지를 대략 6개월에서 많게는 1년까지 소요될 것으로 예상하고 있었다.

그러는 동안 신현석은 최대한 자신을 지역구민에게 알리는 작업을 진행하기로 했다.

나는 그에게 선거자금과 홍보자금을 지원하여 보궐선거에서 승리하게 만드는 역할이었다.

김병중 의원과 관련되어서는 박영철이 온전히 알아서 하겠다는 말을 했다.

내가 굳이 김병중을 만날 필요를 만들지 않겠다는 말이었다.

잘못된 역사를 바로잡지는 못하지만 비뚤어져 가는 미래를 변화시킬 변혁의 첫걸음이 시작되었다.

Chapter 2

안기부 박영철 차장의 말대로 김병중 의원에게서 연락은 오지 않았다.

나는 우선 신현석에게 2천만 원을 지원했다. 그는 이 돈으로 구로구 내에서 자신의 얼굴을 알리는 일을 시작했다.

중간고사가 끝나고 여름방학이 시작될 무렵 일본의 미쓰코시백화점이 한국과 중국 진출을 선언했다.

미쓰코시백화점의 대표인 카즈키 마모루가 나에게 말했던 일이 실현된 것이다.

한국의 미도파 본점을 인수하여 미쓰코시미도파라는 이

름으로 한국 유통업계에 뛰어든 것이다.

미도파백화점의 명동점은 발표 이후 곧바로 리모델링에 들어갔다. 하지만 중국 진출은 의외였다.

중국 진출에 대한 이야기는 나에게 말하지 않았었다.

아마도 경쟁사인 야오한백화점이 상하이에 1억 2천만 달러를 투자한다는 소식에 자극을 받은 것 같았다.

미쓰코시백화점의 국내 진출에 맞추어 닉스가 바빠지기 시작했다. 닉스를 미쓰코시백화점에 입점시키기로 했기 때문이다.

신세계백화점의 닉스 신발에 대한 독점은 국내 업체에만 해당하는 상황이었다.

미쓰코시백화점은 상해에 세워지고 있는 건물을 10년간 장기 임대하는 계약을 체결했는데 건물의 완공이 다음 달이라 곧바로 내부 공사에 들어간 상태였다.

미쓰코시 상하이 지점에도 닉스의 입점을 요청했다.

일본의 미쓰코시백화점에 입점한 닉스의 매출은 꾸준하게 늘어나고 있었다.

꼼꼼한 일본 소비자들에게 인정받으려면 시간이 좀 더 필요하고 판매점도 더 늘려야 했지만, 국내 수요와 미국으로의 수출이 발목을 잡고 있었다.

일본에서도 늘어나고 있는 아마추어 농구인들로 인해서

조금씩 닉스의 에어조던이 입소문으로 퍼져 나갔다.

또한 미국에서도 마이클 조던 이외에도 에어조던을 신고 경기에 뛰는 프로농구선수들이 늘고 있었다.

그러한 결과가 미국과 일본의 매출에도 영향력을 끼쳤다. 또한 농구를 좋아하는 필리핀에서도 닉스를 수입하기 위해 바이어가 닉스 본사를 방문했다.

"미쓰코시미도파가 다음 달 초면 한국에서 오픈합니다. 또한 일주일 후에는 상하이에도 지점이 열리고요. 두 군데 모두에 닉스와 닉스프리가 동반 입점합니다."

나는 신발 생산을 맡고 있는 한광민 소장과 생산에 관련된 이야기를 나누었다.

"후! 이거 정말 정신없네. 지금도 생산량을 간신히 맞추고 있는데 말이야."

한숨을 내쉬며 말하는 한광민 소장은 난감한 표정이었다. 그도 그럴 것이 미국에서 판매량이 급격하게 늘고 있었다. 더구나 닉스판매법인이 다음 주면 설립될 예정이고 그에 맞추어 뉴욕에도 닉스매장이 오픈할 예정이었다.

"우리 힘을 들이지 않고 중국에 진출할 기회입니다. 시장조사 차원에서도 나쁘지 않고요."

미쓰코시백화점은 상하이 지점에 닉스 입점을 요청하면

서 상당한 특혜를 부여했다.

중국으로 들어가는 닉스 신발과 닉스프리를 모두 미쓰코시백화점 자체에서 구매하겠다고 전했다. 한마디로 판매와 재고를 전혀 걱정할 필요가 없었다.

매장의 인테리어 비용도 미쓰코시백화점에서 지원하기로 했다.

대신 매장 내 판매직원과 매장 관리는 닉스에게 요청했다.

"중국 진출을 지금 꼭 해야 하나? 국내도 그렇고 미국도 잘 팔리고 있는데 말이야."

제품 생산을 책임지고 있는 한광민 소장의 입장에서는 새롭게 만들어지는 매장에 공급할 신발이 걱정이었다.

제3공장까지 가동하고 있었지만 미국에서의 판매량이 예상치를 웃돌고 있어서 힘에 부치고 있었다.

"상하이는 앞으로 중국에서 가장 번화하고 발전하는 도시가 될 것입니다. 지금은 아니더라도 시간이 지나고 나면 상하이에서 팔려 나가는 닉스 제품이 서울보다도 많아질 겁니다."

중국의 어느 도시보다도 빠르게 발전하고 변화한 곳이 상하이였다. 상하이는 중국 4대 직할시 중 하나로 앞으로 북경보다 경제적 중요도가 높아지는 곳이다.

더구나 미래에 인천공항이 완공되면 인천에서 2시간 거리였다.

"음, 강 대표가 그렇다면 맞겠지. 문제는 생산량인데, 차라리 중국에다 공장을 차릴까?"

부산에 있는 신발공장과 신발 부자재를 생산하는 공장들이 동남아뿐만 아니라 중국에도 진출하고 있었다.

대부분의 공장들이 중국에 진출하는 가장 큰 이유는 고정비를 크게 절감할 수 있다는 이유였다. 고정비 가운데 가장 큰 비중을 차지하는 부분이 인건비다.

3~4년간 급속한 임금 상승으로 현재 1992년도 대졸 초임 사무직 평균 급여는 73만 원에서 86만 원 사이였다. 남자 고졸 생산직 초임은 65만~69만 원에 이른다.

하지만 중국 대졸 직원의 초임은 평균 5만 원도 채 안 되었고 생산직은 더 이보다 적은 3만 원대였다.

중국으로 진출하고 초기 1년간의 생산성이 한국보다 60~70%밖에 안 된다고 해도 인건비에서 모든 걸 만회할 수 있었다.

"현지 공장에서 생산하는 것도 한 방법이 맞습니다. 하지만 '메이드 인 코리아'가 가장 뛰어난 제품이라는 것과 명품의 값어치가 있다는 것을 인식하게 만들어야 합니다. 더구나 자칫하면 현지인에게 닉스의 기술력이 유출될 수도 있습니다."

세계 명품의 짝퉁은 모두 중국에서 만들어진다고 할 만큼 엄청난 양의 짝퉁 제품들이 쏟아져 나왔다.

이러한 모방과 짝퉁 제품들의 생산을 통해서 중국은 기술력을 늘려나갔고 경제성장에도 이바지했다.

"음, 무슨 말인지 알겠네. 너도나도 중국 중국 하지만 닉스는 달라야지."

"미국시장도 중요하지만 앞으로 중국시장이 무시하지 못할 정도로 커질 것입니다. 닉스는 일반적인 브랜드가 아닌 고급 브랜드라는 이미지를 중국사람들에게 심어줄 필요성이 있습니다. 그래야 중국인들도 닉스의 짝퉁 제품을 구매하지 않습니다."

"그래야 하겠지. 동대문에도 닉스를 모방한 제품이 넘쳐나고 있는데 중국에서 인기를 얻으면 장난이 아닐 거야."

경찰의 단속과 회사의 노력으로 동대문에서 노골적으로 닉스 상표를 달고서 판매되던 제품은 사라졌지만, 닉스 신발의 디자인을 그대로 따라 하는 제품은 아직도 많았다.

하지만 짝퉁 제품의 티가 확연히 났기 때문에 구매하는 사람은 많지 않았다. 그런데 서태지와 아이들이 닉스 신발을 신고서 방송 출연이 찾아지자 더욱 정교한 짝퉁 신발이 등장하기 시작했다.

짝퉁 신발은 닉스 진품 신발 가격에 20~30% 정도의 가격으로 판매되고 있었다.

"아마도 중국에서 인기를 얻는 것보다 미국에서 인기를 얻게 되면 중국에서 닉스의 짝퉁 제품 생산이 이루어질 것입니다. 미국이나 그 외의 나라에서 값싸게 닉스 제품을 원할 테니까요."

전 세계의 유명 브랜드들이 한번씩 겪었던 일이었다. 중국의 베이징을 비롯한 칭다오(청도)와 상하이는 물론 각 성에는 커다란 짝퉁 시장이 존재했다.

"음, 그러면 문제가 되는 것 아니야?"

"아직은 아닙니다. 아직 그 정도로 닉스가 전 세계에 알려지지 않았으니까요. 그전에 쉽게 모방할 수 없을 정도의 기술력과 디자인을 갖추어야 합니다."

"틀린 말이 아니야. 그렇지 않아도 이번에 가피(upper)쪽과 겉창(out-sole)쪽에 기술력이 뛰어난 친구들이 들어왔네."

부산 공장의 인력관리는 전적으로 한광민 소장이 담당했고 내가 부산을 방문할 때에 인사를 받았다.

"잘되었네요. 기술연구팀은 디자인 인력과 마찬가지로 닉스의 중요한 자산입니다. 지속해서 디자인센터처럼 크기를 늘려가야 합니다."

"하하! 지금도 우리만 한 곳이 없어. 그리고 자네가 말한 무봉재선(seam less)선 기술의 가닥이 조금씩 잡혀가고 있네. 올해 안으로 샘플 생산이 가능할 거야."

무봉재선은 말 그대로 하나의 재질로 봉제선 없이 갑피를 제작하는 기술로, 신발의 내부 공간 역시 봉제선이 없어 착화감이 뛰어났다.

"정말 좋은 소식이네요. 그 기술을 습득하면 다양한 디자인의 신발이 나올 수 있습니다."

"그래야지. 그 외에도 다양한 내장 뒤틀림 방지 지지대를 개발하고 있네. 이번에 개발된 제품은 기존 제품보다도 훨씬 더 신발의 안정성과 균형을 유지할 수 있을 걸세."

닉스의 기술력은 하루가 다르게 달라지고 있었다. 디자인센터와 더불어서 기술연구소에도 상당한 투자가 이루어지고 있기 때문이다.

이미 개발된 많은 기술이 특허와 실용신안으로 출원 중이었다.

고급인력수급은 물론이고 기술연구팀이 소유한 장비들은 국내에 있는 어떤 신발 제조회사보다도 뛰어나고 우수한 장비를 소유하고 있었다.

"듣기만 해도 기분이 좋습니다."

"나도 새로운 기술을 만들어낼 때가 최고로 행복하다네.

하여간 중국 쪽과 미쓰코시백화점 건은 최대한 생산량을 맞춰 놓겠네."

"제대로 쉬지도 못하시고 매번 고생만 시켜드리네요."

"이렇게만 만들어줘. 공장이 쉴 틈 없이 쌩쌩하게 돌아가는 것이 나한테는 기쁨이야. 그걸 보고 있으면 피로가 싹 가서."

한광민 소장이 없었다면 닉스의 세계진출은 꿈도 못 꿨을 것이다.

닉스 본사에서 나온 나는 곧장 힐튼호텔로 향했다.

러시아에서 룩오일 관계자들이 한국을 방문했기 때문이다. 관계자는 바로 룩오일의 이사인 니콜라이와 이번에 새롭게 이사로 승진한 알렉세이 베셀킨으로, 현장에서 15년 이상을 근무한 기술통이었다.

이들이 한국으로 온 이유는 내가 도저히 러시아로 출장을 갈 여력이 없었기 때문이었다.

그들이 여장을 푼 객실로 들어서자 두 사람은 나에게 업무보고를 할 준비를 하고 있었다.

"두 분 다 한국은 처음 방문이지요?"

"예."

"예, 처음입니다."

두 사람은 고개를 끄떡이며 말했다.

"그리고 이건 한국 방문 기념으로 제가 가져온 것입니다."

나는 준비한 신발을 건넸다. 닉스를 출발하기 전에 두 사람에게 전화를 걸어 신발 치수를 물어보았다.

"하하! 이렇게 신경을 써주셔서 감사합니다."

"모스크바에서도 닉스 신발이 인기가 좋습니다. 정말 멋진 신발입니다."

니콜라이와 알렉세이는 기분 좋은 표정으로 말했다. 그들은 내가 닉스의 대표인 걸 알고 있었다.

닉스 신발은 러시아에 있는 도시락 판매장은 물론 다른 판매점에서도 비싼 가격으로 팔려 나가고 있었다.

"두 분이 좋아하시니 저도 좋네요. 중요하게 보고할 것이 있다고 했는데, 무엇입니까?"

그들이 서울을 방문한 이유는 룩오일에 구조조정에 관련된 업무도 있었지만 중요한 보고 때문이었다.

"예, 이번에 새롭게 자금이 투입되어 시추탐사를 다시 시작한 이르쿠츠크의 코뷔트킨스크에서 대규모 가스전이 발견되었습니다."

새롭게 기술이사로 승진한 알렉세이가 입을 열었다. 그의 말에 순간 가슴이 뛰기 시작했다.

"대규모라면 어느 정도의 가스전입니까?"

"정확한 것은 다음 주 정도에 알 수 있습니다만 대략적인 추정 매장량이 7~10조 입방피트입니다."

알렉세이의 말이 정확히 어떤 의미를 가졌는지 귀에 들어오지 않았다.

"그 정도 매장량이면 어느 정도를 말하는 것입니까?"

"아, 예. 원유로 환산하면 9억~13억 배럴 정도이고, 액화천연가스로는 1억~1억 4000만 톤에 이르는 양입니다. 쉽게 말해 최소 추정치인 7조 입방피트라면 한국 국민이 7년 이상을 사용할 수는 양입니다."

알렉세이의 말에 머리를 망치로 한 대 맞은 것 같은 충격이 왔다.

"허! 정말 확실한 것입니까?"

나도 모르게 탄성이 터져 나왔다.

"예, 추정 매장량은 확실합니다. 축하드립니다, 대표님."

알렉세이의 말에 내 얼굴에는 저절로 미소가 지어졌다. 러시아에서 전해온 놀라운 선물이었다.

*　　　*　　　*

러시아는 궁합이 잘 맞는 정도가 아니라 언제나 상상했

던 그 이상을 내게 주고 있었다.

최소한 전 국민이 7년 이상을 사용할 수 있다는 가스 매장량은 정말이지 놀라운 일이었다.

전략적인 자원이 전혀 없다시피 한 대한민국에서 대규모 가스전이나 유전을 소유한 회사는 없었다. 아니, 지분조차 가지고 있지 않았다.

물론 룩오일은 이번에 발견한 가스전 외에도 석유를 뽑아내고 있는 보스토치토노 유정과 쿠비킨에 가스전을 소유하고 있었다.

하지만 룩오일의 가장 큰 자산은 아직 발견되지 않은 가스전과 유전탐사권을 러시아뿐만 아니라 동유럽과 아프리카에도 가지고 있다는 점이다.

또한 내 머릿속에는 대규모 가스전과 유전이 발견된 지역이 몇 군데 들어 있었다.

나는 두 사람과 함께 저녁을 먹기 위해 호텔 내에 있는 한식당으로 이동했다.

정(情)이란 이름을 가진 한식당은 호텔 특유의 정갈함이 묻어나오는 식당이었다.

우리는 정원에서 아담한 물레방아가 돌고 있는 모습이 보이는 자리로 안내되었다.

"두 분 다 한국 음식은 먹어봤습니까?"

"도시락 라면뿐이었습니다."

"저는 아는 친구가 고려인이라 김치를 얻어먹은 적이 있습니다."

알렉세이는 니콜라이와 달리 김치는 먹었다고 했지만 아마도 고춧가루가 들어가지 않은 백김치였을 것이다.

고려인들은 주로 백김치나 당근으로 만든 당근김치를 해 먹었다.

"그럼 오늘 제대로 한국 음식을 접할 수 있을 것입니다."

종업원이 가져다준 메뉴판에서 전통적인 한국 음식과 퓨전이 가미된 세트메뉴를 주문했다.

"생각했던 것보다 서울은 아름답고 상당히 발전된 모습입니다."

서서히 머리가 벗겨지려는 니콜라이의 말이었다. 그는 룩오일에서 관리 파트를 맡고 있다.

"서울은 앞으로 동북아의 중심이 되어 더욱 발전하는 곳이 될 것입니다."

일본과 중국의 어느 도시보다도 발전해 나갈 수 있게 만들고 싶었다.

"하하! 대표님이 그렇게 만드실 것 같습니다."

다부진 체격의 알렉세이가 웃으면서 말했다. 콧수염까지 기른 그는 러시아인 특유의 강함이 엿보였다.

하지만 두 사람 모두 내 말에 절대적으로 따르고 있었다. 이 말은 러시아에서 있는 사업체에 근무 사원들 모두에게 해당하는 말이었다.

'후후! 이대로 쭉 사업이 잘되어 나간다면 그럴 수도 있 겠지…….'

정말이지 손대는 사업마다 실패가 없었다.

룩오일 또한 정상궤도에 오르려면 1년 정도를 예상했었 다. 하지만 대규모 가스전이 발견된 지금의 상황에서는 그 시간이 훨씬 단축될 것이다.

"아까 하다 만 말 중에 북쪽 지역에서 유전 발견 가능성 도 있다는 말은 무슨 말입니까?"

"그곳은 가스전이 발견된 북쪽으로 160㎞ 정도 떨어진 사포스티야노프 지역입니다. 위성에서 보내온 지질 사진과 항공촬영 사진을 분석해 본 바로는 유전이 있을 가능성이 아주 큽니다만……."

알렉세이의 말처럼 유전까지 발견된다면 이건 정말 금상 첨화였다.

"문제는 룩오일에서 탐사권을 확보한 곳이 아닙니다. 그 곳은 로스네프티에서 확보한 지역입니다."

로스네프티는 러시아에 있는 또 다른 국영석유회사였고, 현재 민영화를 추진하고 있었다.

로스네프티 또한 민영화로 전환하는 과정에서 겪는 어려움에 부닥쳐 있었다.

민영화 과정에 유럽계 자본이 참여했다는 말은 들었지만 룩오일과 마찬가지로 상당한 부실채권과 감추어졌었던 비리들이 드러나면서 혼란스러운 상황이었다.

"한데 로스네프티에서 원유가 매장된 확률이 높다는 것을 모르고 있습니까?"

"로스네프티도 저희와 같은 상황에 놓여 있었기 때문에 지질 탐사를 위한 자금이 지원되지 않았습니다. 이번 발견은 항공촬영기사가 방향을 잘못 잡는 바람에 우연히 알게 된 사실입니다. 인공위성에서 보내온 영상을 비교 판독한 결과 유전이 있을 가능성이 상당이 높았습니다. 더 확실한 방법은 현장을 찾아 지질 상태를 분석하고 시추공을 지하로 내려보는 것입니다."

'로스네프티도 구조조정이 제대로 진행되지 않는다면 정상적인 회사 운영이 이루어지지 않을 텐데……'

로스네프티도 인력 조정과 부실 사업장을 정리하고 있는 상황에서 신규 투자가 이루어지지 않고 있었다.

그러다 보니 시추탐사권을 확보했더라도 탐사가 중단된 곳이 많았고 사포스티야노프 지역도 그중 하나였다.

"우리가 그 지역을 확보할 방법은 없습니까?"

욕심이 났다.

"섣불리 저희가 나섰다가는 로스네프티에서 눈치챌 수 있습니다. 지금은 상황을 좀 보시면서 기다리는 것이 좋을 것 같습니다."

니콜라이의 말이 타당했다. 갑작스럽게 룩오일이 그 지역의 탐사권을 확보하려고 나선다면 분명 이상함을 눈치챌 것이다.

"사포스티야노프 지역을 확보하기 위해서는 저희가 발견한 가스전 발표도 미루어야 합니다. 그 지역이 저희와 얼마 떨어지지 않은 지역에다가 지질 형태도 비슷한 곳이기 때문에 분명 로스네프티도 자금을 투입해 지질 조사에 착수할 것입니다."

내가 그곳을 원하는 걸 눈치챈 알렉세이가 신중하게 의견을 내어놓았다.

"음, 우리가 사포스티야노프 지역의 탐사권을 확보하려면 어떤 방법이 있겠습니까?"

원유가 나올 수 있는 지역을 알게 된 이상 확보하는 것이 나중을 위해서도 좋았다.

그때 알렉세이가 입을 열었다.

"가스전이 발견된 코뷔트킨스크의 사업장을 일시적으로 폐쇄하는 것입니다. 우리가 그 지역에서 철수한다는 것을 발표하면 로스네프티도 인프라시설이 부족한 사포스티야 노프 지역에서 철수할 가능성이 커집니다. 로스네프티는 전통적으로 저희 룩오일과 경쟁적인 관계였기에 저희가 코 뷔트킨스크 지역의 탐사권을 확보하자마자 로스네프티도 무리하게 사포스티야노프 지역의 탐사권을 사들였습니 다."

로스네프티도 구소련의 국영회사처럼 즉흥적으로 벌인 사업들이 많았고 문제점이 발생하면 누구도 책임을 지지 않았다.

알렉세이의 말처럼 로스네프티는 경제적 타당성을 전혀 따지지도 않은 채, 오로지 룩오일에 대한 경쟁심만으로 사 포스티야노프 지역 탐사권을 사들였다.

"음, 그래서 로스네프티 쪽에서 제대로 탐사를 하지 않았 을 수도 있겠네요?"

"예, 급하게 계약을 체결했기 때문에 이르쿠츠크주 지방 정부에서 가장 이득을 보고 탐사권을 넘겨준 지역이었습니 다. 탐사권을 너무 높은 가격에 사들이는 바람에 지질 탐사 와 탐사 시추 비용을 확보할 수 없었을 것입니다. 그래서 몇 년째 방치만 하는 실정입니다."

알렉세이는 사포스티야노프 지역의 매입 과정을 상세하 게 알고 있었다.

"사업장을 폐쇄하면 이르쿠츠크 지방정부에서 문제를 제기하지 않겠습니까?"

룩오일에서 코뷔트킨스크 사업장을 폐쇄하려고 했을 때에 이르쿠츠크 주정부는 사업장 폐쇄를 허락하지 않았다.

"영구적인 철수가 아닌 일시적인 폐쇄는 용인해 줄 것입니다. 이미 지방정부도 상당한 신규 자금을 코뷔트킨스크 사업장에 투자한 걸 알고 있어서 문제될 것은 없습니다. 대신 저희가 사업장에서 철수하게 되면 몇십만 달러의 손해는 감수해야 합니다."

알렉세이의 말처럼 신규로 들어간 천만 달러로 주변 지역의 인프라 구축과 함께 시추공을 13군데나 더 뚫었다. 이미 투입된 신규 투자자금 대부분이 사용된 상황이었다.

로스네프티 쪽의 사람들을 믿게 하려면 사업장에 설치된 장비와 설비들을 해체하는 모습도 보여줘야만 하고, 그 과정에 비용이 들어간다.

"그 정도는 감수할 수 있습니다. 우리가 사포스티야노프 지역을 한 번 노려봅시다. 룩오일의 성장 동력원이 될 수 있는 자원들을 최대한 확보해 놓아야 합니다."

"예, 러시아로 돌아가는 즉시 곧바로 진행하겠습니다."

"좋은 결과로 이어질 수 있도록 만들겠습니다."

알렉세이와 니콜라이가 자신 있게 대답을 했고, 나는 두 사람을 믿었다.

두 사람은 내가 러시아에서 어떤 위치를 점하고 있는지를 잘 아는 인물들이었다.

나와 함께하는 한 그들은 러시아에서 먹고사는 문제뿐만 아니라 앞으로의 인생이 승승장구할 수 있었다.

이야기를 마치자마자 기다리던 요리들이 하나둘 나오기 시작했다.

푸짐하게 차려진 요리들을 바라보는 두 사람의 눈가에 미소가 떠오르는 것이 보였다.

식사를 마친 나는 니콜라이와 알렉세이에게 각각 미화로 2,000달러씩을 보너스로 주었다. 미국 달러는 러시아에서 특별한 대접을 받았다.

4,000달러는 두 사람이 넉 달을 열심히 일해야 받을 수 있는 돈이었다. 뜻밖의 돈을 받아든 두 사람의 표정에서 나에 대한 충성심을 엿볼 수가 있었다.

나는 회사 사람들을 설득하지 않는다.

사고가 이미 확립된 사람은 절대로 설득당하려 하지 않고 설득당하는 것을 싫어한다.

더구나 나이가 한참 어려 보이는 나에게서는 더욱 그랬다. 난 이들에게 설득이 아닌 감동과 그들이 필요로 하는 것을 주었다.

두 사람은 러시아에 돌아가서 어떻게든 사포스티야노프 지역을 룩오일의 소유로 만들 것이다.

니콜라이와 알렉세이는 며칠간 한국에서 충분한 휴식과 관광을 한 후에 러시아로 돌아갔다.

*　　　*　　　*

미쓰코시백화점의 한국 진출은 국내 백화점 업계의 지각 변동을 일으킬 수 있는 사건이었다. 더욱이 국내 패션 일번 지로 꼽히는 명동으로의 진출은 신세계백화점과 롯데백화 점에 선전포고를 하는 것과 마찬가지였다.

한 국내의 신문은 미쓰코시백화점의 명동 진출을 임진왜 란 때 파죽지세로 한성까지 올라왔던 일본군으로 표현하기 도 했다.

현재 신세계백화점이 자리 잡고 있는 건물이 일제 강점 기 때 미쓰코시백화점이 운영했던 경성점이었다.

한편에서는 막강한 자본력을 가진 일본 유통자본의 본격 적인 국내 공세가 시작되었다는 말도 흘러나왔다.

아니나 다를까 닉스가 미쓰코시백화점에 입점한다는 소 식에 신세계백화점의 배기문 이사가 닉스 본사를 찾아왔 다.

"오랜만입니다. 그동안 별일 없으셨습니까?"

배기문은 악수를 청하며 인사를 건네왔다. 해외출장과 여러 회사 일로 바쁜 관계로 배기문과 만날 기회가 없었다. 그 또한 이사가 된 후부터 이전보다 더 바쁘게 생활했다.

"예, 덕분에 잘 지내고 있습니다."

"본사 건물이 정말 멋집니다. 이렇게까지 멋질 줄은 몰랐습니다."

"하하! 고맙습니다. 조금 신경을 썼습니다. 일전에 보내주신 아름다운 그림은 정말 잘 받았습니다. 덕분에 대표실이 더 환해졌습니다."

배기문은 건물이 완공된 소식에 국내 유명 화가의 풍경화를 보내주었다. 그림은 대표실 오른쪽 벽면에 걸어두었다.

그는 나의 도움으로 이사 자리에 오를 수 있었고, 모스크바에 출장을 가지 않아 위험에서도 벗어날 수 있었다. 그래서인지 나를 특별하게 생각했다.

명동의 명물로 자리 잡은 영플라자의 성공에는 닉스가 크게 이바지를 했다. 지금도 신세계 영플라자에는 닉스 제품을 구매하려는 젊은 층의 발걸음이 계속 이어지고 있었다.

영플라자의 성공은 배기문에게 이사로의 승진과 함께 회

사 내에서 그의 입지를 탄탄하게 만들어주었다.

뒤늦게 롯데백화점에서 대항마로 내세운 영마켓은 아직 영플라자의 인기를 따라오지 못하고 있었다.

"마음에 들어 하시니 다행이네요. 한데 정말이지 닉스의 성장세는 매번 저를 놀라게 합니다. 이번에 론칭하신 닉스 프리의 기세가 대단합니다. 물건이 입점되는 즉시 품절된다는 보고를 받았습니다."

닉스프리의 인기는 정말 대단했다.

인기가 상승하자 동대문이나 남대문에서 급하게 짝퉁 제품들을 만들어 팔고 있었지만, 진품 제품의 디자인과 퀄리티를 따라올 수가 없었다.

한눈에 보아도 진품과 짝퉁의 차이가 확연하자 짝퉁의 판매량이 주춤한 상태였다.

닉스프리의 옷들에는 세 가지 형태로 짝퉁과 구별할 수 있는 표시가 되어 있었고 쉽게 따라 할 수 없게 만들었다.

"저희가 예상했던 것보다 소비자에게서 더 사랑을 받는 것 같습니다."

"하하! 매번 안타가 아니라 홈런만 뻥뻥 치시니 강 대표님의 능력을 존경 안 할 수가 없습니다."

"과찬이십니다. 운도 좋았고 시기도 딱 맞아 떨어져서 그렇습니다."

"그게 능력이십니다. 제가 볼 때는 올해도 닉스의 열풍이 뜨거울 것 같습니다. 그리고 제가 이렇게 찾아온 것은 잘 아시겠지만 미쓰코시미도파 때문입니다."

그가 찾아온 이유는 한마디로 닉스의 미쓰코시미도파 입점 때문이었다.

"전화로 전달해 드린 것처럼 닉스의 미쓰코시미도파의 입점은 회사 내부에서 결정된 상황입니다. 신세계백화점과의 계약에도 어긋나지 않는 문제입니다."

미쓰코시미도파의 입점 소식을 일찌감치 배기문 이사에게 전해주었었다.

"물론 그렇습니다. 그런데 문제는 저희 쪽에서 조사한 결과 닉스가 미쓰코시미도파에 입점을 하게 되면 영플라자를 방문하는 고객 수가 3~5% 정도 줄어들 거라는 통계치가 나왔습니다. 위에서는 이러한 조사를 믿지 않는 눈치입니다. 그런데 만약 저희 조사치보다 더 높은 수치로 나타난다면 영플라자에 심각한 문제가 될 수 있어서 이렇게 찾아왔습니다."

한 브랜드로 인해서 내방 고객이 3~5%까지 줄어든다는 것은 정말 큰 영향력이었다.

배기문 이사는 영플라자의 지속적인 성장세를 이끌어가기 위해 닉스 입점을 영플라자로만 국한했다.

신세계백화점 본점과 다른 지점에서 닉스 입점을 지속해서 요청하고 있었다.

"그 정도는 아닐 것입니다. 미쓰코시미도파에 닉스가 입점한다고 해도 영플라자를 방문했던 고객이 미쓰코시미도파로 달려가지 않을 테니까요. 더구나 명동의 영플라자가 지금까지 구축해 놓은 패션의 명소라는 인식이 그리 쉽게 바뀌지 않을 것입니다."

만약 영플라자가 조사한 결과대로 나온다 해도 그걸 만회할 전략을 신세계백화점이 세워야 한다.

배기문 이사와의 관계로 인해서 닉스가 목표로 하는 방향을 바꿀 생각은 없었다. 더구나 명동 미쓰코시미도파의 입점은 일본에 도쿄에 있는 미쓰코시백화점 닉스 입점에 대한 답례였다.

앞으로 닉스가 일본 공략을 위해서는 미쓰코시백화점을 이용할 수밖에 없는 상황이었기에 미쓰코시미도파의 닉스 입점은 피할 수 없는 일이었다.

*　　　*　　　*

배기문 이사는 그가 원하는 바를 이루지 못하고 돌아갔다. 대신 영플라자에는 최우선으로 닉스의 신제품을 공급해 주기로 했다.

닉스 본사를 나서려고 할 때 블루오션에서 연락이 왔다. 일주일 후에 노태우 대통령의 중국 방문 때에 함께 수행하는 기업 중에서 중소기업체 대표로 블루오션이 선정되었다는 말이었다.

노태우 대통령은 중국 양상쿤 국가주석의 초대를 받았다. 기존의 역사대로라면 9월 말에 중국을 방문했어야만 했다. 하지만 중국과 수교가 한 달 정도 앞당겨지자 중국 방문도 한 달 앞서 이루어진 것이다.

뜻밖의 연락에 나는 곧장 블루오션으로 향했다.

공문을 보낸 곳은 청와대 의전 팀이었고 내용은 전화로 들은 것과 같았다.

중소기업을 대표하는 기업은 우리 말고도 한 업체가 더 있었다. 그리고 나머지 방중경제사절단은 현대, 대우, 선경, 대산 등 주요그룹의 총수들과 관계자들이었다.

적어도 한 달 전에는 알려줘야 하는 상황이었지만 어떻게 된 영문인지 방문 일주일 전에 통보가 온 것이다.

나는 곧바로 공문에 적힌 전화번호로 연락을 취했다.

─의전 팀입니다.

"블루오션의 강태수 대표라고 합니다. 저희 회사로 중국 방문과 관련된 공문이 와서 전화했습니다."

―잠시만 기다려 보세요.

　2분 정도 지나자 다시금 목소리가 들려왔다.

　―예, 블루오션은 이번 대통령님의 방중경제사절단에 포함되셨습니다. 보내드린 일정표에 나온 시간에 김포공항으로 나오시면 됩니다.

　"원래 경제사절단 선정이 갑작스럽게 이루어집니까? 저도 회사의 일정이 있는데 일주일 전에 연락을 주셨어요."

　―그 점에 대해서는 사과드립니다. 먼저 선정된 업체에 문제가 생겨서 블루오션을 다시 선정해서 그렇습니다. 비록 일정이 힘드시더라도 참여를 권해드립니다. 경제사절단은 국위를 선양하고 블루오션에도 사업적으로 좋은 기회가 될 수 있습니다. 이러한 기회는 아무에게나 주어지지 않습니다.

　청와대 관계자의 말이 맞았다. 아무나 선정되지 않았고 아무나 갈 수 없었다.

　중국 정부의 경제관료들을 만날 수 있는 기회의 자리이기도 했다.

　"알겠습니다.

　―일정에 차질이 생기지 않도록 시간은 정확히 지켜주셔야 합니다.

　"예, 그렇게 하겠습니다."

통화를 끝내고 나자 다시금 중국에 대한 생각에 잠겼다. 중국에 섣불리 접근할 수 없었던 것은 러시아와 달리 안전장치가 없었기 때문이었다.

자유시장 체제가 완전히 자리 잡지 못한 나라에서는 쉽게 사업을 진행하기가 어려웠다. 그 나라의 제도를 악용한 현지인이나 정부관계자, 혹은 그와 친분이 있는 자들에게 휘둘리기가 쉬웠다.

중국도 러시아처럼 정부관계자들과 친분을 맺고 사업을 하는 것이 확실한 대비책이자 안전장치였다.

'이번에 중국 정부관계자와 인연을 맺을 수 있다면……'

미쓰코시백화점을 통해서 상해에 닉스가 첫발을 내밀 수는 있었지만, 그것만으로는 뭔가 부족한 느낌이었었다.

"한데 누가 블루오션을 추천한 거지?"

대한민국에 있는 수많은 중소기업이 있었다. 그중에서 단 두 회사만 선정되어 중국을 방문하는 것이다.

Chapter 3

중국 방문에 앞서 나는 각 회사에서 급하게 처리할 것들을 처리했다. 공식적인 대통령의 중국 방문은 3일이었지만 나는 더 오랫동안 중국에 머물 생각이다.

이른 아침부터 김포공항에 나와 대기하고 있었다. 사전에 개인서류를 모두 청와대 의전 팀에 보냈지만 기다리는 시간이 생각보다 길었다.

처음에는 대통령이 타는 비행기에 함께 올라타서 중국을 방문하는 줄 알았지만, 방중 인원이 많아서인지 2대의 비행기로 나누어서 가는 상황이었다.

대통령과 함께 비행기를 타는 사람들은 정부관계자와 사십 명에 달하는 대기업 관계자들, 그리고 주요일간지와 TV 방송국 기자였다.

나머지 수행 인원들과 청와대 경호팀 및 의전 관련 인원은 다른 비행기를 탔다.

나 역시 다른 비행기를 탔는데 차라리 이러한 것이 세간의 이목을 덜 받을 수 있어 다행이라 생각했다.

오전 11시가 되어서야 김포공항에서 출발할 수 있었다. 특별 비행기는 빠르게 날아올라 중국의 베이징으로 방향을 돌렸다.

두 번째 비행기에 올라탄 덕분에 좌석은 일등석으로 배정되었다. 옆좌석에는 나와 함께 중소업체 대표로 선정된 대동기계부품의 사장이 있었지만 특별한 대화를 나누지 않았다.

대동기계부품은 국내에서 자동차업체에 기계부품을 납품하는 회사로 중국에 이미 사업체를 가지고 있었다.

50대 중반의 그는 젊은 내가 대통령을 수행하는 방중경제사절단에 참여한 것이 정말 의외라는 반응이었다.

김포공항을 떠나 2시간 정도 지나자 비행기는 착륙을 위해서 항공기 바퀴를 내리고 있었다.

이런 방식으로 중국 땅에 첫발을 내딛을 줄은 몰랐다.

방중경제사절단은 대통령의 공식일정에 따라 움직이는 것은 아니었다.

양상쿤 국가주석이 준비한 사절단을 위한 공식 일정과 초청 만찬에만 참석하고는 그 외에는 중국의 고위급 인사들과 개별 면담을 추진하거나 주요 업무를 보았다.

또한 각 기업의 대표들은 중국 기업들과 현지지사를 방문하여 유망한 경협 사업을 타진할 계획들을 세워놓고 있었다.

다들 1~2개월 이전부터 중국 방문에 대한 계획을 수립한 상태였지만 나는 아무런 계획 없이 중국을 방문한 것이다.

베이징의 한 호텔에 짐을 풀은 나는 다른 기업체 관계자들과 달리 당장 만날 사람이 없었다.

'누굴 만나야 하나?'

뚜렷하게 떠오르는 사람도 없었다. 중국의 고위관계자들은 이미 대기업의 총수나 대기업 관계자들과의 약속이 연속해서 잡혀 있었다.

떠나오기 전 블루오션에 관련된 전자통신 쪽 담당 관료와 면담을 요청했지만 다른 기업들과의 약속으로 시간을 잡을 수가 없었다.

당연히 그들은 한국의 중소기업에 불과한 블루오션의 면담보다 이름이 잘 알려진 대기업의 면담을 우선시했다.

저녁 7시에 있을 공식적인 만찬 이전까지는 시간이 5시간 정도 여유가 있었다.

"다들 바쁜 일정인데 이거 나만 관광이나 해야 하나?"

방중경제사절단에 속한 기업인들은 하나같이 바쁘게 움직였다.

그때였다. 호텔 방의 전화기가 울렸다.

'누구지? 전화가 걸려올 데가 없는데.'

"여보세요?"

─안녕하셨습니까? 포타닌입니다.

수화기 너머로 들려오는 목소리는 러시아 외무부 소속의 아주국장 포타닌이었다.

"아니, 어떻게 제가 이곳에 있는 걸 아셨습니까?"

─하하! 저도 베이징을 방문했습니다. 중국 측이 러시아 대사관에 중국을 방문한 한국 관계자들의 명단을 보내주었습니다. 그걸 보고서 전화를 한 것입니다.

"그러셨군요. 바쁘신데 이렇게 전화를 주셔서 감사합니다.

─당연히 해야 할 일이지요. 지금 시간이 되시면 한번 뵙고 싶은데 괜찮으십니까?

"괜찮습니다. 저도 지금 막상 도착하고 나서 공식 일정까지 딱히 할 일이 없어 걱정이었습니다."

—잘됐네요. 그러시면 계신 호텔에 10분 거리에 있는 차오양호텔에서 만나기로 하시죠. 제가 그쪽에서 오랜만에 친구를 만나기로 했습니다. 그 친구를 알아두시면 좋으실 것입니다.

"예, 그쪽으로 가겠습니다."

저녁 7시에 있을 공식 만찬까지 딱히 할 일이 없었기 때문에 포타닌의 연락은 시간을 보내기 아주 좋은 일이었다.

택시가 포타닌이 알려준 호텔에 도착했다.

입구로 들어서자 로비에서 기다리고 있던 포타닌이 나를 향해 웃으면서 악수를 청했다.

"이곳에 강 대표님을 뵈니 더 반가운 마음이 듭니다."

"저도 베이징에서 보게 되니 무척 반가운 마음입니다. 4개월 만에 뵙는 건가요?"

내가 모스크바로 출장을 가도 포타닌이 자리에 있지 않고 외국을 방문하는 일이 많았다.

"벌써 시간이 그렇게 흘렀네요. 점심은 하셨습니까?"

"아니요. 아직 못 했습니다."

"잘됐습니다. 저희도 점심 식사를 하려던 참이었습니다.

이리로 가시죠."

포타닌이 안내한 곳은 호텔 근처에 있는 식당으로 베이징덕(북경오리)을 전문적으로 하는 유명 음식점이었다.

그 음식점에는 이미 포타닌이 말한 친구가 도착해 있었다.

30대 후반으로 보이는 인물은 음식점 내의 특실에서 우리를 맞이했다.

그의 이름은 덩즈팡(등질방)이었다.

덩즈팡은 포타닌을 향해 두 팔을 들어 포옹하며 반갑게 맞이하는 모습이었다. 두 사람이 어떤 인연이 있었는지는 모르지만 상당히 관계가 깊은 모습이었다.

포타닌은 덩즈팡에게 나를 소개해 주었다.

"이번 한국 대통령의 중국 방문에 참여한 도시락의 강태수 대표님입니다. 러시아에서도 큰 사업을 벌이고 있는 분이시기도 합니다."

포타닌이 영어로 예의를 갖추어 정중하게 나를 소개하자 덩즈팡의 표정이 바뀌었다.

덩즈팡은 미국에서 공부했기 때문에 영어에 능숙했다.

자신보다 한참 어려 보이는 나에게 러시아 외교부 아주국장이 예의를 갖추는 것이 이례적으로 보인 것이다.

"중국 방문을 환영합니다. 덩즈팡이라고 합니다."

덩즈팡은 손을 내밀어 악수를 청했다.

"강태수라고 합니다. 반갑게 맞아주셔서 감사합니다."

"하하! 포타닌이 이렇게까지 나서서 사람을 소개한 것은 처음입니다."

"그렇습니까? 포타닌 국장님과는 친분이 깊으신 것 같습니다?"

"이 친구하고는 미국에서 인연을 맺었는데 제가 도움을 많이 받았습니다."

포타닌이 미국에서 외교관으로 생활했을 때에 미국 유학을 하고 있던 덩즈팡과 인연을 맺은 것이다.

"하하! 덩즈팡과는 나이도 비슷해서 바로 친구가 되었습니다."

덩즈팡의 나이는 올해 39살로, 미국 뉴욕에 있는 로체스터대학을 졸업한 그는 물리학박사이기도 하다.

'한데 덩즈팡이 누구인데 포타닌이 나에게 소개한 거지……'

덩즈팡의 이름과 미국에서 공부했다는 사실만을 알았지 그가 무엇을 하는지를 몰랐다.

"그런 인연이 있으셨군요. 한데 어떤 일을 하시는지 실례가 안 되면 여쭈어 봐도 되겠습니까?"

나는 정중하게 덩즈팡에게 물었다. 그러자 그는 내게 명함을 내밀며 말했다.

"비료를 생산하는 시팡에서 일하고 있습니다."

그의 현재 직함은 중국 굴지의 국영 화학비료 회사인 시팡(西方)그룹의 총재였다.

그리고 95년에는 중국대외건설 총공사 부총경리(부사장)로 활동한다.

"하하! 이 친구의 아버님이 중국 최고 지도자를 역임하셨던 덩샤오핑(등소평)입니다."

포타닌의 입에서 놀라운 말이 나왔다.

놀랍게도 덩즈팡은 덩샤오핑(등소평)의 둘째 아들이었다. 덩샤오핑은 셋째 부인인 탁림과의 사이에 2남 3녀를 두었다.

덩즈팡은 덩샤오핑의 아들이자 현재 중국 권력의 한 축인 태자당(太子黨)의 중요한 핵심인물 중 하나였다.

태자당은 중국을 움직이는 대표적인 정치세력 중에 하나로 당·정·군·재계 인사들의 자제들로 이루어져 있다.

상해방(上海幇)과 공청단파(共青團派)와 함께 태자당은 중국 3대 정치세력이다.

인간이 모여 만든 조직이라면 어디에나 파벌(派閥)은 존재하게 마련이고 이는 동서고금(東西古今)을 막론한다.

인간이란 본래 연분에서 벗어날 수 없는 존재이기 때문이다. 그중 학연(學緣), 지연(地緣), 혈연(血緣) 등 3가지 연분은 가장 지독스럽다.

연분에 관해서는 동양사회가 유독 강하다. 중국에서 연분은 바로 이 콴시(關係)로 통하고, 콴시는 곧 파벌이나 계파(系派) 등을 말한다.

한마디로 이 콴시를 통하지 않고서는 중국에서 성공하기 힘들었다.

덩즈팡은 1987년 이후 중국국제투자신탁공사에서 일반 사무원으로 일했다. 그러나 결국 태자당 특유의 인맥인 '콴시'를 최대한 이용해 부동산과 주식투자 등에서 막대한 부를 구축했다.

덩샤오핑은 말할 필요도 없는 중국의 최고 권력자였다. 중국 실용주의노선을 바탕으로 개혁개방 정책의 설계자이자 중국의 경제현대화를 이끈 탁월한 지도자였다.

지금도 막후에서 막대한 영향력을 행사하고 있었다.

태자당에 속한 수많은 인물들 중에서도 덩샤오핑의 아들은 그 격이 달랐다.

"저도 중국의 덩샤오핑 주석을 존경하고 있습니다. 과감한 경제특구의 개방과 중국만의 계획적인 시장경제 운영은 배울 점이 많습니다."

만약 덩샤오핑이 없었다면 지금의 중국은 없었다. 나라의 국운을 바꿀 만한 지도자가 이 시기에 등장한 것은 중국의 복이었다.

"하하하! 그렇습니까. 아버님이 들으셨으면 무척 좋아하셨겠습니다. 강 대표님께서 정확하게 보고 계시네요."

나의 말에 덩즈팡은 기분 좋은 웃음을 보이며 말했다.

"덩샤오핑 주석께서는 지금보다도 미래에 더욱 훌륭한 평가를 받으실 것입니다."

"하하! 마치 미래에서 오신 분처럼 말씀하십니다. 한데 강 대표님께서는 어떤 사업을 하시는데 이렇게 젊으십니까?"

덩즈팡은 포타닌에게 나에 관한 이야기를 전해 들은 상황이다. 그가 이 자리에 나온 것은 나에 대한 호기심이 상당히 작용한 탓이었다.

"러시아에서는 라면을 생산하는 식품 사업을 하고 있습니다. 한국에서는 전화기와 무선호출기를 개발하는 블루오션이라는 전자통신회사를 운영하고 있습니다."

한국에 있는 닉스와 러시아에서 운영하는 다른 회사들은 굳이 말하지 않았다.

"하나의 회사도 운영하기 쉽지 않은데 대단하시네요. 실례지만 나이를 여쭤 봐도 되겠습니까?"

덩즈팡은 나의 말에 놀란 표정을 지으며 물었다. 한국의 대통령과 함께 방중경제사절단에 포함된 기업이라면 결코 작은 기업은 아니었다.

"72년생으로 한국 나이로 21살입니다."

"그러면 20살이라는 말이네요?"

중국은 출생연도를 그대로 보았다.

"예, 그렇습니다."

"이거 정말 믿지 못하겠습니다. 스무 살의 나이에 러시아에서도 사업을 하신다고 하시니 정말 놀랍습니다. 저는 이제야 간신히 회사 하나를 맡았습니다."

덩즈팡은 내 나이를 확인한 후에 놀라는 표정이 역력했다.

"강 대표님을 나이로만 평가하면 안 되네. 러시아에서는 누구도 함부로 할 수 없는 분이시라네. 나도 강 대표님께 도움을 받아 이 자리까지 올 수 있었네."

포타닌은 내가 러시아에서 어떠한 일들을 하고 있는지와 러시아의 권력자들과의 관계도 잘 알고 있었다.

그 또한 내 덕분에 외무성에서 빠르게 승진할 수 있었다.

"자네가 그렇게 말하는 이유를 조금은 알 것 같네. 제가 개인적인 사업을 준비하고 있습니다. 강 대표님께서 중국에 관심이 있으시면 함께하시는 것도 나쁘지 않을 것입니다."

덩즈팡은 93년 상하이에 기반을 둔 부동산회사를 세워 호화주택 판매에 나섰다. 상하이시 정부는 그에게 싼 가격으로 홍차오지역의 황금주택지구 땅을 불하했다.

그는 홍콩 최대 갑부인 이기성과 수도강철공사의 저우베아팡(周北方)과 손을 잡아 94년 8월 홍콩 증권거래소에 상장된 부동산투자기업 서우창쓰방(首長四方)의 회장을 맡게 된다.

'생각지도 못한 제의인데……'

전혀 뜻밖의 제의였다.

"어떤 일을 준비 중이신지 물어봐도 되겠습니까?"

"물론입니다. 상하이시의 땅을 불하받아 건물을 올려서 홍콩이나 일본에 되파는 부동산 사업입니다. 이미 상하이시의 관계자와 이야기가 마무리되어 가고 있습니다."

"그러면 제가 자금을 투자하고 지분을 받는 방식입니까?"

"그렇다고 봐야 합니다. 제가 혼자 하는 것이 아니라 몇몇 친구와 함께하는 사업입니다."

중국의 부동산은 하루가 다르게 오르고 있었다. 특히 베이징이나 상하이는 특히나 심했다.

덩즈팡은 믿을 수 있는 사람들을 통해서 자금을 모집하고 있었다.

'토지를 50년 동안 사용할 수 있다고 했지만, 부동산은 내키지 않은데…….'

지금도 한국에서 충분히 부동산으로 돈을 벌 수 있었다. 앞으로 개발이 진행되는 곳을 알고 있었기 때문이다.

굳이 중국까지 와서 부동산 투자를 한다는 것이 마음에 들지 않았다.

하지만 사업에 필요한 토지와 건물은 매입할 생각을 하고 있었다.

"제가 다른 제의를 해도 되겠습니까?"

내 말에 덩즈팡은 의외라는 표정이었다. 다들 자신과 함께 사업을 하기 원했고 그의 제의를 거부한 인물은 없었다.

"제 제의가 마음에 들지 않으십니까?"

"그건 아닙니다. 사실 회사 차원에서 염두에 두고 있었던 것이 있었습니다. 블루오션에서 개발한 전화기를 들여다가 중국에서 생산한 후에 관공서나 기업에게 납품한다면 나쁘지 않다는 생각을 했습니다. 중국의 통신산업 발전에도 도움이 될 수 있는 일이지요."

사실 전화기를 만드는 기술은 쉽게 따라잡을 수 있었다. 나는 중국이 현재 계획하고 추진하려고 하는 통신현대화

사업에 초점을 맞췄다.

중국의 우전부(郵電部)는 내년부터 2천 년까지 8년 동안 2천억 위안(3백 70억 달러)을 투자한다고 발표했다.

이 계획에 따르면 중국 전국 전화보급 수를 9천 6백만 대로 늘려 평균 전화보급률을 75%까지 높인다고 했다.

더구나 앞으로 수많은 외국 기업들과 공장이 중국에 들어오고 설립된다.

그곳에도 필수적으로 필요한 게 전화기였다.

"음, 전화기를 만들어서 판매한다. 블루오션 제품이 경쟁력이 있습니까?"

"물론 경제력은 있습니다. 한국에서도 인기가 좋고 꽤 팔리고 있는 제품입니다. 하지만 한국에서 생산하는 제품을 그대로 수입해서 판매하면 가격경쟁력이 떨어질 것입니다. 부품을 현지화할 것은 현지화해야 합니다. 그래야 중국에서 가격경쟁력이 생깁니다. 만약 이 사업을 함께 진행하게 된다면 우리가 가진 경쟁력 중에서 가장 큰 경쟁력은 덩즈팡 씨가 될 것입니다. 사업의 일차적인 목표는 관공서와 국영기업들입니다."

"하하하! 제 이름을 팔아서 납품을 하겠다는 것입니까?"

"솔직히 뛰어난 제품에다가 덩즈팡 씨의 명망(名望)이 더

해진다면 경쟁력은 배가됩니다. 중국 우전부가 내년부터 전국에 9천 6백만 대의 전화기를 보급한다고 합니다. 저희가 만약 관공서와 국영기업에 전화기를 납품할 수만 있게 된다면 중국 내수시장에서도 크게 성공할 자신이 있습니다. 그리고 전화기뿐만 아니라 통신기기사업은 앞으로 크게 발전할 분야입니다."

만약 블루오션이 중국에 진출한다면 중국에서 핸드폰 사업까지 이어갈 계획이었다. 하지만 기술연구와 개발은 한국에서 진행할 생각이다.

애플이 중국을 생산기지 역할로 활용한 것처럼 나 또한 그럴 것이다.

"음, 회사를 설립해서 전화기를 생산한다면 준비할 시간이 오래 걸리지 않을까요?"

"덩즈팡 씨께서 도와주신다면 그리 오래 걸리지 않을 것입니다. 올해 안으로 생산제품을 만들어내겠습니다."

중국의 관공서와 국영기업 그리고 군부대에서 쓰는 전화기를 바꾸거나 납품할 수만 있다면 게임은 끝난 것이다.

자신들의 직장에서 사용하던 전화기의 편리성과 익숙함에 가정에도 블루오션의 전화기를 사용하게 될 가능성 컸다.

문제는 회사설립 문제와 국영기업의 납품 과정이 상당히 까다롭고 어렵다는 점이다. 하지만 덩즈팡은 그걸 손쉽게 만들 힘이 있었다.

그리고 나는 그를 통해서 중국에서 생산되는 희귀광물인 희토류 사업을 진행할 생각이다.

아직 희토류의 중요성을 인지하지 못할 때였다.

실제로 덩샤오핑의 장녀 덩린와 둘째 딸인 덩난의 남편들이 중국 내 희토류 사업을 장악하여 막대한 부를 축적했다.

"통신 사업은 제가 생각을 해보지 못했습니다. 듣고 보니 가능성이 없는 것도 아니겠네요. 우선 식사부터 하고서 나서 구체적인 이야기를 더 해보도록 합시다."

덩즈팡은 내 제의를 긍정적으로 받아들이는 분위기였다.

덩즈팡과 '콴시(關係)'를 맺는다면 중국에서의 사업이 성공할 가능성이 컸다.

콴시는 중국인들의 모든 생활에서 큰 영향을 미치고 있다. 그래서 중국인들은 사회적으로 좋은 '콴시망(關係網)'을 갖는 것을 매우 중시한다. 좋은 콴시를 갖고 있으면 무슨 일이든지 성공할 가능성이 크기 때문이다.

나는 그를 통해서 중국의 권력층들과 콴시를 맺으려는 생각이었지만 난 덩즈팡만을 의지할 생각은 없었다.

그 또한 아버지인 덩샤오핑의 죽음 이후에 여러 가지로 많은 어려움과 곤란을 겪었다.

호텔로 돌아온 나는 덩즈팡과 나눈 이야기를 정리했다.

그는 내가 어느 정도의 자금을 투자할 수 있는지 궁금해했다.

블루오션은 중국에서 알려진 대기업도 아니었고 한국에서도 큰 기업에 속한 회사는 아니었기 때문이다.

나는 덩즈팡에게 미화로 2천만 달러를 투자할 용의가 있다는 말을 전했다.

2천만 달러는 대기업이 아닌 일반기업에서 투자하는 금액치고는 상당히 큰 금액이었다. 또한 별도로 덩즈팡이 상하이시에서 불하받기로 한 토지의 일부를 인수하는 조건으로 5백만 달러의 투자 의향을 내비쳤다.

덩즈팡이 상하이시에서 불하받기로 한 토지 대금을 치르기 위해서는 상당한 자금이 필요한 상황이었다.

덩즈팡과는 공식 일정이 끝나는 사흘 후에 다시 만나기로 했다.

나는 노태우 대통령의 방문의 맞추어서 베이징 인민대회당에 열린 환영 만찬에 참석했다.

자리 배치에 따라 나는 맨 뒤 자리에 있는 테이블에 앉게 되었다. 원형의 테이블에는 다섯 명씩 앉게 되어 있었다.

상당히 넓은 인민대회당 안의 만찬장에는 중국의 정·재계와 군부 측 인사도 상당수 참석한 모습이었다.

이러한 만찬 참석이 처음 있는 일이라 조금은 긴장이 되었다.

내가 앉은 테이블에는 기업의 인사들이 앉아 있었고 다들 처음 보는 인물들이었다.

그들은 내가 이 자리에 왜 앉아 있는지 의구심이 가득한 눈초리로 쳐다보았다.

그도 그럴 것이 달랑 이름을 확인할 수 있는 이름표만 오른쪽 가슴에 부착하고 있었기 때문이다.

노태우 대통령과 양상쿤 국가주석의 공식적인 만찬사와 건배 제의로 만찬이 시작되었다.

테이블 위로는 중국의 명주인 마오타이 지우(茅臺酒)와 중국의 전통요리가 올라왔다.

만찬을 진행하는 내내 나는 테이블에 있는 사람들과 별다른 이야기를 나누지 않았다. 또한 분위기상 말을 나눌 상황도 아니었다.

머릿속에는 오로지 중국 진출과 덩즈팡과의 합작사업에

관한 구상뿐이었다.

1시간 정도로 진행된 공식 만찬이 끝나고 나자 나는 다시 호텔로 향했다. 하지만 만찬에 참석한 대부분의 사람들은 각자 친분이 있는 사람들과 자리를 함께하기 위해 삼삼오오 짝을 맺어 흩어졌다.

숙소로 정한 호텔 정문에 도착하자 내 또래로 보이는 젊은 남자가 호텔 앞을 서성거리는 것이 보였다.

나름의 정장 차림으로 옷을 입었지만 60~70년대 양복 스타일이라 몹시 촌스러웠다.

그는 호텔 안으로는 들어가지 못한 채 누군가를 기다리는 듯했다. 내가 호텔 정문으로 들어서자 젊은 남자가 나에게 말을 걸었다.

"혹시 남한에서 오신… 아니, 이번에 한국에서 오신 분이십니까?"

그는 한국어로 나에게 물어왔다.

억양과 말투로 보아서 중국인이 아닌 조선족으로 보였다.

"예, 맞습니다."

"아, 다행이네요. 저는 박용서라고 합니다. 초면에 이런 말씀을 드리기는 뭐하지만, 회사를 운영하시면 저 좀 써주셨으면 고맙겠습니다. 여기 이력서도 가지고 왔습니다."

사내는 나에게 누런 봉투에 담긴 이력서를 안주머니에서 꺼내어 보였다.

이력서를 들고 있는 그의 눈빛에서 간절함이 엿보였다.

"조선족이십니까?"

"예, 고향은 지린성(吉林省)에 있는 옌벤(연변)입니다. 공부를 하기 위해서 베이징에 와 있었습니다. 올해 대학을 졸업했습니다."

"여기서 이러지 마시고 안으로 들어가시지요."

"아닙니다. 여기 있어도 괜찮습니다."

나의 말에 조금 난감한 표정을 지었다. 마치 호텔 안으로는 들어갈 수 없는 것처럼 말이다.

나중에 안 일이지만 그는 호텔 로비에 머물다가 호텔직원들에게 쫓겨났던 상황이었다.

"여기서는 지나다니는 사람들도 많고 하니까, 길게 이야기를 할 수 없습니다."

"예, 알겠습니다."

그는 나의 말에 마지못해 따르는 모습이었다.

나는 박용서를 데리고 호텔 로비 왼편에 마련된 테이블로 향했다. 그리고 그가 나에게 보여주려고 했던 이력서를 보았다.

이력서는 한글로 적혀져 있었다.

이력서의 내용 중에서 눈에 띄는 것은 중국의 명문대인 칭화대를 졸업한 인재였고 영어를 구사할 수 있다는 것이었다.

"직장을 다니시고 있네요. 왜 직장을 옮기시려고 하십니까?"

이력서는 중국 회사를 현재 다니고 있다고 적혀 있었다.

"이런 말씀을 어떻게 들으실 줄은 모르겠지만, 돈이 필요해서입니다. 저를 채용해 주시고 2만 위안(3백만 원)을 먼저 가불해 주시면 평생을 몸 바쳐 개처럼 일하겠습니다."

박용서의 입에서 생각지도 못한 말이 나왔다.

중국에서 대학을 나와서 받는 평균 급여가 우리 돈으로 5만 원 안팎이었다. 삼백만 원은 그가 한 푼도 쓰지 않고 5년을 벌어야 하는 큰돈이었다.

박용서는 태어나 처음 보는 인물이었다.

더욱이 입사를 부탁하는 인물이 다짜고짜 정해지지도 않은 월급에서 2만 위안을 가불해 달라고 하니, 솔직히 황당했다.

무슨 연유에서 이러는지는 모르지만 나를 바라보는 그의 눈에는 간절함이 엿보였다.

"솔직히 말하면 좀 황당하네요. 박용서 씨를 잘 알지도 못하고 있는 상황에서 적지 않은 돈을 미리 달라고 하시니 말입니다."

나는 박용서의 이력서를 테이블에 내려놓으며 말했다.

중국 진출을 염두에 두고 있을 때 많이 들었던 소리는 현지에서의 사기를 조심하라는 소리였다.

나는 사람을 믿었지만, 돈에 관련되어 있는 사람까지 처음부터 신뢰하지는 않았다.

박용서는 나의 말을 거절로 받아들였는지 실망하는 모습이었다. 그는 여러 번 거절을 당한 느낌이 들었다.

"당연히 그러실 것입니다. 그래도 사장님은 제 이력서를 보시고 이야기를 처음으로 들어주신 분입니다. 이런 말을 했을 때 다들 저를 이상한 놈으로 바라보기만 했으니까요. 제가 생각에도 황당한 요구인 것 같습니다. 정말 죄송합니다."

처음에 내게 보였던 박용서의 간절함이 눈 녹듯 사라졌다. 상식적으로 그가 요구한 거금을 선뜻 내줄 사람은 없었다. 더구나 낯선 타국에서 처음 보는 인물에게는 더욱 그랬다.

박용서는 내가 내려놓은 이력서를 집으려고 오른손을 내밀었다. 그때 그의 오른손바닥에 작은 연꽃 모양의 문신이 보였다.

'연꽃 문신… 이 친구가 백야의 인물?'

연꽃 문신은 평소에는 잘 보이지 않았다. 하지만 흥분하거나 자신도 모르게 긴장했을 때는 나타났다.

백야의 인물임을 드러내는 손바닥의 연꽃 문신은 백야의 인물들에게만 내려오는 독특한 비법으로 새겨졌다.

박용서는 지금 무척이나 긴장한 상태였다.

지금 눈앞에 있는 박용서가 백야의 인물인지를 확인해야만 했다.

"박용서 씨가 가장 잘하는 것이 무엇입니까?"

순간 나의 질문에 자신의 이력서를 잡으려던 손이 멈춰졌다.

"제가 제일 잘하는 것은 대학에서 전공한 건축설계가……."

박용서는 대학에서 건축을 전공했고 현재 건설회사에서 일하고 있었다.

나는 중간에 그의 말을 끊고 다시 물었다.

"아니요. 박용서 씨 자신이 가장 잘하는 것을 말해주십시오?"

"그게 무슨 말씀이신지요?"

박용서는 내 질문을 이해할 수 없다는 듯이 되물었다.

"대학에서 배운 전공이 아니라, 어려서부터 배워온 모든 것을 말하는 것입니다."

나의 말에 순간 그의 눈빛이 바뀌는 것이 보였다. 그러고는 테이블에 놓인 이력서를 순식간에 낚아채고는 자리에서 곧바로 일어났다.

'뭔가 있는데……'

내 말에 보인 반응은 조금 전까지 간절함을 보였던 그의 모습이 아니었다.

"실례가 많았습니다."

그러고는 빠르게 호텔 밖으로 나가려고 했다.

"돈이 필요하지 않으십니까? 아마 제 생각이지만 그 누구도 박용서 씨를 그런 식으로는 채용하지 않을 것 같은데요."

뒤돌아서서 걸어가던 박용서에게 말을 던지자마자 그의 발걸음이 멈춰졌다.

그러고는 다시 나에게 걸어왔다.

"당신은 누구요?"

뭔가 이상함을 눈치챈 박용서의 목소리가 달라져 있었다.

"내가 묻고 싶은 말입니다. 오른손바닥에 새기신 연꽃 문신은……."

말을 끝까지 잇지 못했다.

박용서의 오른손이 무서운 속도로 내 얼굴을 향해 달려들었다. 하지만 나는 미동조차 하지 않았다.

내 얼굴을 짓눌러 버릴 듯한 박용서의 손바닥은 내 얼굴 앞에서 멈췄다.

"바른대로 말하지 않으면 평생 볼 수 없게 만들어 줄 것이다. 당신은 누구야?"

나에게 적의를 드러난 박용서의 눈은 불타오르고 있었다. 그때 이 모습을 보고 있던 호텔 직원이 우리 쪽으로 다가오고 있었다.

"여기서 이러면 문제가 될 것 같으니, 내 방으로 올라가서 서로가 알고 싶은 이야기를 나눠봅시다."

내 말에 박용서의 눈빛이 흔들렸다.

"이봐! 거기, 뭐하는 거냐?"

우리에게 다가오는 호텔 직원이 박용서를 향해 큰 소리로 말했다. 호텔 로비에 있던 사람들의 시선이 그 목소리에 우리 쪽으로 쏠렸다.

박용서도 그 분위기에 조금 위축된 모습이었다. 그도 그럴 것이 자칫 호텔에서 문제를 일으키면 공안에 끌려갈 수도 있었다.

"만약 그곳에서 허튼짓을 한다면 말로만 끝나는 것이 아니라, 평생 장님으로 살아가게 될 것이다."

박용서는 내 얼굴에서 손을 치우면서 한발 물러났다.

"괜찮습니다. 아무 문제가 없습니다."

나는 걸어오던 호텔직원을 향해 말했다.

"정말 아무 문제 없습니까?"

호텔 직원은 박용서와 나를 번갈아 쳐다보며 물었다. 내가 한국에서 온 방중경제사절단이라는 것을 호텔 직원은 알고 있었다.

중국 정부에서 호텔에 한국에서 온 손님들에게 특별히 신경을 쓰라는 지시가 내려온 상태였다.

"예, 우리 회사 직원입니다. 자, 위로 올라갑시다."

내 말에 조금 의아한 표정의 호텔직원은 프런트로 돌아갔다. 박용서는 내 뒤를 천천히 따라왔다.

그리고 반대편 로비에 나와 박용서를 지켜보고 있던 김만철과 티토브 정이 천천히 우리 뒤를 따랐다.

Chapter 4

　박용서는 호텔 방으로 들어서는 순간에도 경계를 놓지
않았다.

　언제든지 나를 제압할 태세였다.

　"우리가 서로에게 알고 싶은 것들을 하나하나 풀어나갑
시다. 지금의 분위기상 먼저 박용서 씨가 질문을 하는 게
좋겠네요."

　내 말이 떨어지기 무섭게 박용서는 질문을 던졌다.

　"넌 흑천의 인물이냐?"

　그의 입에서 나온 말은 거친 반말투였다.

"내가 흑천의 인물이라면 박용서 씨를 이렇게 정중히 대했을까요? 저는 박용서 씨가 생각하고 있는 흑천의 인물이 아닙니다. 그런 이제 제가 질문을 던지겠습니다. 박용서 씨는 백야의 인물이 맞습니까?"

내 질문에 박용서는 고민을 하는 눈치였다.

"네가 흑천의 인물이 아니라는 것을 어떻게 증명하지?"

박용서는 내 질문에 답을 하는 대신 질문을 다시 던졌다.

"서로가 하나씩 질문을 던지기로 한 것이 아니었나요?"

"묻는 말에나 답을 해."

박용서는 내 말에 거칠게 대응했다. 아직까지 그는 나에 대한 적의를 풀지 않고 있었다.

"분명 아니라고 말했습니다. 그러면 박용서 씨는 흑천의 인물을 단 한 번이라도 만나본 적이 있습니까?"

내 말에 박용서의 눈동자가 흔들렸다. 그리고 천천히 그의 고개가 좌우로 가로저어졌다.

"흑천의 인물을 한 번도 만나보지도 않았는데, 왜 날 흑천의 인물이라고 단정을 짓고 있습니까? 전 흑천에 대해 우연히 알게 되었고, 그 때문에 죽을 고비를 여러 번 겪었습니다. 손바닥의 연꽃 문신은 한국에서 만난 백야에 속한 분이 알려주었습니다."

"그 말이 사실입니까?"

박용서의 말투가 조금 달라졌다.

"있는 그대로 말하는 것입니다. 저는 박용서 씨가 알고 있는 대로 중국에서 사업을 하려고 방문한 사업가일 뿐입니다. 자, 이제 내가 했던 질문에 답을 해주시지요?"

박용서는 잠시 생각을 하는 듯 망설이다가 어렵게 입을 열었다.

"난 백야에 속한 풍천류의 27대 후계자입니다. 당신이 말한 대로 흑천의 인물은 만나보지 못했습니다. 제 할아버지가 돌아가실 때 손바닥에 새긴 연꽃 문신을 알아보는 자를 경계하라고 하셨습니다. 특히나 연꽃 문신이 없는 사람이 알아보면 필시 흑천이라는 말을 하셨지요."

"할아버지께서는 돌아가셨습니까?"

"이 연꽃 문신을 보고도 모르십니까?"

대답 대신 박용서가 되물었다.

"나는 손바닥에 연꽃 문신이 있는 인물이 백야에 속한 사람이라는 것만 들었습니다."

"연꽃 문신은 전대의 분이 평생 이룩한 모든 것을 그다음 대에 넘겨주는 증표라고 할 수 있습니다. 이러한 것을 알지 못하는 사람에게는 제가 말을 한다 해도 이해하지 못하는 일입니다. 이 연꽃 문신은 도구를 이용해서 새겨진 것이 아닙니다."

박용서의 이야기가 알 듯 모를 듯 다가왔다.

"모든 걸 넘겨준다는 말은 자신의 기운을 넘겨준다는 말입니까?"

"비슷한 경우라고 할 수 있지만, 다른 것입니다. 하여간 지금까지 흑천이 백야를 넘볼 수 없었던 것은 이러한 전승 방식을 알지 못하기 때문입니다. 그랬기 때문에 흑천에 비해 백야의 인물은 소수였지만 그 능력은 항상 앞설 수 있던 것입니다."

박용서의 말에 그동안 풀리지 않던 의구심이 풀어졌다. 그는 나에 대한 적대심이 풀어졌는지 자세한 이야기를 해 주었다.

"제가 알기로는 백야의 인물들은 자신의 무공을 직계가족에게는 전수하지 않는다고 들었습니다."

"잘 알고 계시는군요. 저는 박씨 가문에 양자로 들어온 사람입니다. 여기까지의 이야기는 호텔 로비에서 저의 이야기를 들어준 대가로 하지요. 중국에서 사업을 잘하시기 바랍니다."

박용서는 자신의 볼 일이 끝났다는 듯이 방을 나가려고 했다.

"박용서 씨가 요구했던 돈을 가불해 주겠습니다. 우리 회사에 들어오십시오."

내 말에 문밖으로 걸어가던 박용서가 멈춰 섰다.

"제가 지금껏 학교에서 배운 것에 대한 대가라면 가능합니다. 하지만 다른 것을 요구하시면 저는 그 제의를 받아들일 수 없습니다."

박용서는 단호하게 말했다.

"당연히 두 가지 다입니다. 저는 흑천을 대한민국 땅에서 발붙이지 못하도록 싸우고 있습니다. 그 일에 박용서 씨도 동참해 주었으면 좋겠습니다. 흑천은 제가 아는 것보다도 더욱 막강한 힘과 권력을 손에 쥐고서 대한민국을 흔들려고 합니다."

"한국에도 흑천에 대항하는 백야의 인물들이 있지 않습니까?"

박용서는 할아버지에게 들었다. 흑천의 힘이 넘쳐날 때마다 백야의 기운이 세상을 조화롭게 만들었었다고.

"시대가 바뀌었습니다. 개인이 가진 무력만 가지고서는 막강한 금력과 정치권력까지 가지고 있는 흑천에게 대항하는 것은 한계가 있습니다. 지금은 검과 활을 들고 싸우던 시기가 아닙니다. 놀라운 힘을 가진 백야의 인물이라도 일반인이 쏘는 총에도 당하는 세상입니다."

나의 말은 틀리지 않았다. 그에게 모든 것을 전수해 준 할아버지인 박범진도 광복군에 속하여 비밀리에 만주에서

무장독립투쟁을 벌인 인물이었다.

그의 할아버지 또한 일본군과의 싸움에서 총에 맞아 생사의 고비를 여러 번 넘겼었다. 독립운동 과정에서나 한국전쟁 당시 적지 않은 백야의 인물들이 총격으로 사망했다.

"그 정도로 흑천이 대단합니까?"

"저도 아직 흑천이 어느 정도의 힘을 가졌는지 정확히 모르고 있습니다. 하지만 지금 흑천에 의해서 백야의 인물들이 점점 사라지고 있다는 것은 잘 알고 있습니다."

내 말에 박용서의 표정이 심각하게 바뀌었다. 그가 할아버지에게 들었던 거와는 사뭇 다른 이야기였다.

백야의 인물들은 긴 세월 동안 세상의 정의와 조화를 위해 싸우고 희생했다. 하지만 그들은 흑천처럼 하나로 결집하지 못했다.

만약 흑천처럼 시대의 흐름에 맞게 백야의 인물들도 변화를 이루고 상황에 순응하여 대처했다면 아마 달라졌을 것이다.

지금도 대한민국 곳곳에 숨어 살던 백야의 인물들이 흑천의 천살단에 쫓기고 있었다.

"후! 저도 할아버지에게 모든 걸 물려받았지만, 막상 백야에서 말하는 조화로운 세상을 위해서 정의에 힘쓰라는 말이 막연했습니다. 과연 누가 조화를 어긋나게 하고 세상의 정의를 빼앗아 가는지 말입니다. 솔직히 흑천이라는 집단이 있는지도 의심했었습니다. 한데 정말 우습게도, 세상의 정의를 위해 싸우기도 전에 먹고사는 문제가 저를 더 옥죄여 오고 말았습니다."

깊은 한숨을 내쉬며 말하는 박용서의 말이 나는 이해가 되었다.

정의는 누구나 말할 수 있고 외칠 수 있었다. 하지만 진정 정의를 위해 힘쓰고 행동하는 사람이 극히 드문 세상이 되어가고 있었다.

지금의 세상은 정의를 외치고 행동하는 사람들을 색안경을 끼고 보는 세상이 되어버렸다.

그들은 조용한 세상에 평지풍파(平地風波)를 일으키는 인물이나 집단으로 매도되기 쉬웠고, 불의를 통해서 권력을 잡은 자들에게서 오히려 정의를 해치는 인물들로 탈바꿈하기도 했다.

세상을 살아가는 대다수가 자신과 가족들이 어떤 불의한 피해를 당하기 전까지는 정의를 외면한다.

마치 그것이 세상사를 살아가는 삶의 지혜인 것처럼 말이다.

한편으로는 박용서의 말처럼 정의를 말하고 조화롭게 살

아가기 위해서는 최소한의 의식주는 해결되어야만 했다.

"우리 회사에 들어오십시오. 박용서 씨가 회사 생활을 하면서 직접 보고 들으면서 본인의 행동을 결정하시기 바랍니다. 저는 누굴 억지로 끌어들일 생각은 없습니다. 본인이 원하지 않은 일을 억지로 시켜봤자 제가 원하는 결과는 절대 나오지 않으니까요."

"한 가지만 물어보겠습니다. 말씀하시는 회사에 백야에 속한 인물이 있습니까?"

박용서는 내 눈을 정면으로 바라보며 물었다. 그는 지금까지 흑천과 연관된 인물은 물론 백야에 속한 인물도 만나지 못했다.

"물론 함께하고 있습니다. 박용서 씨가 함께한다면 오늘이라도 만날 수 있습니다."

내 말에 박용서는 다시금 자신의 품속에 넣어두었던 이력서를 꺼내어 내게 주었다.

"회사에 들어가고 싶습니다. 앞서 제가 요구한 것을 들어주신다면 말이 아닌 행동으로 회사를 위해서 일하겠습니다."

"좋습니다. 박용서 씨가 말한 요구 조건을 들어드리겠습니다. 대신 저도 한 가지 조건이 있습니다."

"무슨 조건이신지요?"

박용서는 조건이라는 말에 순간 긴장하는 표정이었다.

"저에게 중국어를 가르쳐 주셨으면 합니다. 아니, 한동안은 제 개인비서 역할까지 하셔야 합니다. 중국에서 벌일 사업을 위해서는 현지 언어를 익히고 여러 곳을 돌아다녀야 하니까요."

"그거라면 문제없습니다. 무리한 요구를 들어주셔서 정말 고맙습니다. 그리고 무례하게 행동했던 점 진심으로 사과드립니다."

박용서는 나를 향해 고개를 숙여 감사와 함께 미안함을 표했다.

"저는 박용서 씨에게 투자를 하는 것입니다. 그에 합당한 실력과 결과를 저에게 보여주셔야 합니다."

"예, 절대 실망시키지 않겠습니다. 만약 그런 일이 일어난다면 평생 무보수로 일하겠습니다."

"하하하! 알겠습니다. 그런 약속한 대로 백야의 인물을 만나게 해드리지요."

박용서의 말에 웃음이 나왔다. 그는 아직 젊고 활기가 넘쳤고, 난 그런 모습이 보기 좋았다.

내 말이 끝나자마자 호텔 방문이 열리며 김만철과 티토브 정이 안으로 들어왔다.

김만철과 티토브 정은 내가 어딜 가든지 함께하는 인물

들이다. 두 사람은 2시간 정도의 간격으로 나를 따라서 중국에 들어왔다.

나에 대한 경호를 위해서 두 사람은 내가 휴대하고 다니는 삐삐 크기의 발신 장치에서 보내는 신호를 받을 수 있는 수신기를 가지고 다녔다.

위험한 일이 생기거나 두 사람이 필요로 할 때는 발신 장치에 버튼을 눌렀다.

지금도 근처에 있던 두 사람이 내 호출을 받은 것이다.

"무슨 문제라도 생기셨습니까?"

김만철은 방 안으로 들어오자마자 나에게 물었다. 김만철과 티토브 정은 박용서를 향해 경계의 눈길을 보냈다.

"이번 중국 방문에서 첫 열매를 맺은 일이 있어서 불렀습니다. 우리 회사에 새롭게 입사한 박용서 씨입니다."

나는 박용서를 두 사람에게 소개했다.

"하하하! 반가워, 나 김만철이라고 해. 내가 형인 것 같은데 말을 나도 되겠지?"

김만철은 내 말에 특유의 너털웃음을 지으며 박용서에게 오른손을 내밀었다.

"물론입니다. 잘 부탁드립니다, 박용서라고 합니다."

박용서는 고개를 숙이며 김만철이 내민 손을 잡았다.

"그래 잘해보자고. 여기 계신 강 대표님을 믿고 따르라고 보통 분이 아니시니까."

"예, 최선을 다하겠습니다."

옆에 있던 티토브 정은 그런 박용서를 유심히 살폈다.

"나는 티토브 정이라고 합니다."

티토브 정이 박용서에게 악수를 청하기 위해 손을 내밀었다.

"박용서입니다. 잘 부탁드립……."

박용서가 아무런 의심 없이 티토브 정의 오른손을 잡기 위해 앞으로 손을 내민 순간이었다.

티토브 정의 오른손이 박용서의 손을 낚아채어 자신 쪽으로 빠르게 당긴 후 밀쳤다. 그러자 별다른 힘이 들어가지 않았는데도 박용서가 뒤쪽으로 순식간에 퉁겨져 날아갔다.

이대로라면 뒤쪽 창가에 그대로 충돌할 태세였다. 잘못하면 유리창이 깨지면서 호텔 아래로 추락할 수도 있었다.

갑작스러운 상황에 나와 김만철은 어리둥절한 표정을 지었다.

그때였다.

허공에서 무척 당황한 표정으로 티토브 정을 바라보던 박용서가 날아가는 속도를 늦추기 위해 고양이처럼 허공에서 몸을 비틀었다. 그러고는 충돌하려고 하는 창가 유리를 가볍게 두 발로 디딘 후에 앞으로 몸을 회전하며 자세를 잡았다.

그 동작 하나하나에는 전혀 무게감이 느껴지지 않았다.

"이야! 뭐하는 친구야? 고양이가 따로 없네."

박용서가 펼쳐 보인 동작에 김만철은 탄성을 터뜨리며 말했다.

"저에게 왜 그러시는 것입니까?"

박용서는 티토브 정을 매서운 눈초리로 쳐다보며 말했다.

"테스트."

티토브 정의 입에서는 짧은 대답이 나왔다. 그는 평소에도 별로 말이 없었다.

"그럼 이제 만족하셨습니까?"

티토브 정의 말에 박용서가 물었다. 그는 티토브 정에게서 풍겨오는 기운이 남다르다는 것은 알고 있었다.

"입사를 축하해. 언제 한번 제대로 대결해 보고 싶군."

"저도 그러고 싶어지네요."

두 사람은 내가 알지 못하는 것을 서로에게서 느꼈는지 주고받는 말이 평범하지 않았다.

"인사는 여기까지만 하시죠. 박용서 씨는 앞으로 중국 쪽의 일을 담당하게 될 것입니다."

나의 말에 두 사람의 신경전은 조금 누그러졌다.

"이 친구는 대표님의 경호를 맡는 것은 아니었습니까? 보아하니 실력이 보통이 아닌 것 같은데."

김만철이 박용서가 보여주었던 동작에 감명을 받은 것 같았다. 그도 그럴 것이 누구도 쉽사리 깨지기 쉬운 유리를 발판 삼아서 몸을 전환하는 동작을 보일 수는 없었다.

"아닙니다. 블루오션의 중국 진출을 돕는 역할입니다. 제가 중국어를 배우기 전까지 비서 역할도 겸하게 될 것입니다."

"잘됐네요. 위급할 때는 이 친구가 도움이 되겠습니다."

티토브 정이 박용서를 바라보며 말했다.

"중국에서는 크게 위험한 일은 없을 것 같습니다."

"사람 일은 모르는 것이니, 조심해서 나쁠 것은 없습니다. 저희에게는 대표님의 안전이 최우선입니다."

김만철이 내 말에 반박하며 말했다. 그의 말은 틀린 말이 아니다. 실제로 모스크바시로 들어가는 도로에서도 습격을 받았었다.

"예, 조심하겠습니다. 내일 중국방문 경제인 환영오찬만 끝나면 자유롭게 움직일 수 있습니다. 저녁때 박용서 씨 환영회를 하지요."

"하하! 좋습니다. 자네 술 좀 마시나?"

내 말에 김만철이 화색을 띠며 박용서를 보고 말했다.

"예, 조금은 마십니다."

"조금으로는 안 돼. 하여간 내일 보자고."

김만철은 박용서에게 회심의 미소를 보이며 말했다.

그날 나는 박용서가 필요로 했던 금액을 바로 주었다.

큰돈을 선뜻 내주면서도 사용처를 묻지 않는 내 모습에 박용서는 감동하는 눈치였다.

박용서의 월급은 1천 5백 위안(25만 원)으로 정해졌다.

그가 중국 회사에서 받았던 월급보다 다섯 배 이상 상승한 것이다. 박용서는 그날 수없이 나에게 고개를 숙이며 감사를 표했다.

중국을 방문한 경제인들을 환영하는 오찬에는 중국 기업의 대표들과 국영기업의 간부들이 대거 참석했다.

나 또한 오찬에 참석하여 중국 현지 기업인들과의 만남을 통해서 중국 진출에 대한 정보를 얻고자 했다.

그 자리에는 박용서가 통역으로 따라나섰다. 어려서부터 운동을 해온 몸이라서 그런지 새로 사 입은 최신 양복을 입자 옷맵시가 확 달라졌다.

박용서가 호텔로 입고 왔었던 60~70년대 구식 양복을 입고 환영오찬에 참석하기는 좀 그랬다.

넓은 오찬장에서는 여기저기서 사업적인 의견을 주고받

는 모습들이 눈에 들어왔다.

"후! 이런 자리가 처음이라 긴장이 됩니다. 제가 이전에 다니던 회사에도 회장님이 있었는데, 저는 그분을 한 번도 만나보지 못했었습니다."

박용서의 말처럼 한국과 중국에서 그룹을 운영하는 최고 경영진들이 모이는 자리는 흔치 않은 일이었다.

박용서가 나를 만나지 않았다면 이런 자리에 평생 참석할 수 없었다.

"긴장할 필요는 없어요. 다들 우리와 똑같은 사람이니까요. 마셔 봐요, 긴장하면 뭘 먹는 게 좋습니다."

테이블에 올려져 있는 샴페인이 담긴 잔을 박용서에게 건네주었다.

"예, 감사합니다. 대표님, 저에게 말을 놓으셔도 되십니다."

"아니에요. 저는 이게 편합니다."

그때 나를 향해 손을 흔들며 걸어오는 인물이 있었다.

"하하! 여기서 또 뵙습니다. 저와 강 대표님과의 인연은 특별한 것 같습니다."

웃는 얼굴로 내게 말을 건네는 인물은 필립스코리아의 박명준 사장이었다.

"언제 오셨습니까?"

방중 경제인 명단에는 박명준은 없었었다.

"오늘 오전 비행기로 도착했습니다. 호텔에서 짐을 풀자 마자 이쪽으로 달려왔습니다."

"대산그룹에 속한 분들이 많았는데, 박명준 사장님이 왜 안 보이시나 했습니다."

"하하! 저를 찾으셨습니까? 이게 다 강 대표님의 블루오 션 덕분입니다. 제가 우리 회장님께 처음으로 힘드냐는 말 을 다 들었습니다. 다음 달까지 시장점유율을 회복하지 못 하면 저희 쪽 직원이 이번 그룹 인사에서 임원으로 승진을 못 합니다."

웃으면서 말하는 박명준의 말을 모두 사실이었다. 이번 달 들어서도 필립스코리아의 시장점유율이 떨어졌다.

문제는 필립스코리아의 시장점유율이 떨어진 만큼 블루 오션의 시장점유율이 올라갔다는 것이다.

재즈―II의 판매율이 높아질 때마다 다른 회사보다 유독 필립스코리아가 받는 영향이 컸다.

'발등에 불이 떨어졌나 보네. 박명준에게는 미안하지만, 앞으로 당분간은 블루오션의 제품이 시장을 장악할 텐 데……'

서태지와 아이들의 인기가 지속하는 한 그들을 모델로 기 용한 재즈(Jazz)시리즈 인기도 동반 상승할 것이 분명했다.

"박 사장님께서 작은 회사를 너무 신경 쓰시는 것 같습니다."

"저는 다른 회사는 전혀 무섭지가 않습니다. 한데 이상하게 블루오션만이 신경이 쓰이고, 제일 무섭게 느껴집니다."

"소가 뒷걸음치다가 쥐를 잡은 꼴입니다. 블루오션이 필립스코리아와 경쟁 관계가 되려면 앞으로 5년이 지나도 힘든 일입니다."

박명준이 자꾸만 블루오션을 들먹이면 다른 회사도 괜한 관심과 질투를 보낼 수 있었다. 아직은 블루오션이 다른 통신회사들과 경쟁하기에는 기술력이나 자본력에서 뒤졌다.

더구나 앞으로 블루오션에서 습득하거나 개발해야 하는 무선호출기의 무선통신기술도 여럿 있었다.

실제로 무선호출기를 만들기 위해서 일본의 샤프에서 기술을 사 오기도 했다.

블루오션이 너무 두드러지면 정작 필요한 기술을 사올 때 높은 가격을 지급해야만 한다. 아쉽지만 아직은 블루오션에서 당장 필요한 기술을 다 개발하지는 못했다.

"강 대표님께서는 블루오션을 너무 낮게 평가하시는 것 같습니다. 시장에서는 그렇게 보지 않는데 말입니다. 하여간 블루오션은 중국 진출을 고려하지 않으십니까?"

박명준이 중국을 방문한 이유도 대산그룹의 중국 진출과

연관되어서였다.

"필립스코리아라면 몰라도 저희가 잘 알려지지 않고 작은 회사라 그런지 중국 내 국영기업과 정부기관에 면담을 요청했는데 성사되지 않았습니다."

"이런, 대륙 쪽 기질이라고 해야 할까요? 중국 쪽 애들이 좀 그런 면이 있습니다. 우선은 잘 알려지고 큰 회사들과 연계를 맺으려고 하지요. 필요하시면 제가 아는 분들을 소개해 드릴까요?"

박명준은 선심을 쓰듯이 말했다.

"아닙니다. 저희는 아직 그럴 단계는 아닙니다. 중국 현지의 시장조사도 제대로 이루어지지도 않았고, 솔직히 투자할 여력이 없습니다."

나는 될 수 있으면 박명준에게 블루오션을 작게 보일 수 있는 말을 했다.

"음, 중국 진출 기회는 언제든지 있습니다. 언제 한국으로 돌아가십니까?"

"이삼 일 후에 갈까 합니다. 중국에 왔는데 그냥 가기도 그렇고 관광도 좀 하고 가야지요."

'후후! 생각이 아직 어린 건가? 저러다가도 뒤통수를 치는 일을 벌이니, 알 수가 없단 말이야.'

내 말에 박명준의 눈꼬리가 살짝 올라가는 것이 보였다.

"하하하! 그렇죠. 베이징까지 와서 자금성도 안 보고 가면 안 되죠. 그럼 좋은 시간 되십시오, 저는 만날 사람이 있어서요."

"아, 예. 좋은 시간이 되십시오."

박명준은 대산그룹 인물들과 대화를 나누고 있는 중국인들에게로 향했다.

상하이에 진출을 기정사실로 발표한 대산그룹은 그룹 내에 속한 회사들 대부분이 중국 진출을 선언했다.

한때 러시아로의 진출을 모색하던 대산그룹은 구소련에서 발생한 쿠데타 이후 중국으로 발걸음을 돌린 것이다.

"정말 관광을 하실 것입니까? 그러면 제가 안내를 하겠습니다."

옆에서 이야기를 듣고 있던 박용서가 물었다.

"아닙니다. 그렇게 이야기할 만한 이유가 있었습니다. 우리도 주변을 좀 둘러보지요."

"예."

나와 박용서는 오찬이 벌어지고 있는 주변을 돌면서 블루오션과 연관이 될 수 있는 중국 측 인사를 찾아보았다.

하지만 방중 경제인 환영오찬에서는 블루오션은 중국 측 인사들에게 그다지 환영받지 못했다.

중국어로 된 명함을 몇몇 중국 측 기업인에게 주었지만,

형식적인 인사치레로만 끝이 났다.

중국 쪽이 원하는 이름 있는 회사도 아니었고 그렇다고 최첨단 기술을 소유하고 있는 회사도 아니기 때문이었다.

오찬장에서 발걸음을 돌리려고 할 때였다.

"혹시, 강태수 대표님이십니까?"

삼십 대 중반으로 보이는 한 인물이 나에게 말을 걸어왔다.

영어로 나에게 말을 걸어온 인물은 한국 사람이 아닌 중국 현지인이었다.

"예, 맞습니다. 실례지만 누구신지요?"

처음 보는 인물이었다.

"이름표를 보고서 긴가민가해서 물어봤던 것입니다. 저는 우전부(郵電部) 산하에 있는 우전공업총공사의 쑤수린(蘇樹林)이라고 합니다. 둥질방에게서 강태수 대표님의 이야기를 들었습니다."

우전공업총공사는(郵電工業總公司)는 우전부 산하 통신기기 제조회사였다.

쑤수린은 우전공업총공사에서 부사장 직급에 해당하는 직책을 맡고 있었다. 이곳에서는 통신 장비와 전화교환기를 만들어내고 있었다. 하지만 성능이 다른 나라에 비해 뒤떨어지는 아날로그 방식의 장비들이었다.

아직까지 중국은 전전자교환기(Electronic telephone exchanger System)를 만들어내지 못하고 있었다.

한국은 이미 1986년 TDX-1을 상용화하여 개통함으로써 우리나라가 미국·일본·프랑스 등에 이어 세계 10번째로 전전자교환기를 자체 개발하여 운용한 국가가 되었다.

전전자교환기는 종래의 자동식 교환기(MFC)에 컴퓨터 기술을 결합한 전자식 자동전화기로서, 일반전화 기능 외에 음성·비음성(FAX·DATA) 등으로 정보 교환도 가능하며 ISDN(종합정보통신망)을 구축할 수 있는 최첨단 교환기이다.

작년 한국은 10만 회선을 연결할 수 있는 TDX-10의 개발에 성공했다. 이 장비를 만들어내는 금성정보통신에서 현재 우전공업총공사와 은평통신기술개발총공사와 함께 중국 내 합작법인을 추진하고 있었다.

쑤수린은 금성정보통신의 사장을 만나기 위해 이곳을 방문한 것이다.

"아! 그러십니까? 편안하게 중국어로 말씀하셔도 됩니다. 통역을 맡은 직원과 함께 왔습니다."

쑤수린의 영어는 그리 능숙한 편이 못 되었다.

"하하, 잘되었네요. 시간이 되시면 이야기를 나눠도 되겠습니까?"

박용서는 쑤수린의 말을 통역하기 시작했다.

"물론입니다."

정말 다행이었다. 오찬장을 나서면서 왼쪽 가슴에 달린 이름표를 떼어내려고 했다. 쑤수린이 나를 몇 초만 늦게 보았어도 그냥 지나쳤을 것이다.

쑤수린과 오찬장에서 그나마 조용한 쪽에 자리를 잡았다.

"하하! 등질방과는 대학은 틀려도 미국에서 함께 공부했었습니다. 요새 그 친구가 하도 바빠서 만나기가 힘들었는데, 어제 연락이 와서는 다짜고짜 전화기 사업을 말하더군요. 사업적인 기질이 나보다 나은 친구라 그런지 나쁘지 않은 사업아이템이라고 생각했습니다."

나는 박용서가 전해주는 말을 들으며 고개를 끄떡였다.

"아, 그러셨습니까. 통신 사업은 전도유망한 사업이지요."

"그렇습니다. 한데 문제는 전화기를 생산해 판매한다고 해도 도시나 지방의 교환망과 전화회선이 그에 따라와야만 합니다. 중국은 아직 기본적인 면에서 부족한 점이 많습니다."

쑤수린의 말처럼 전화 교환망의 용량과 전화회선이 갖춰

져야 전화를 걸거나 받을 수 있었다.

현재 중국 전체의 전화회선 보급률은 1%도 채 안 된다.

그나마 빠르게 경제가 성장하고 있는 선전, 주하이 등의 경제특구 지역과 수도인 베이징이나 상하이 등 연안도시만이 7~8% 정도의 전화회선 보급률을 나타내고 있었다.

더구나 요즘 들어 전화선을 훔쳐가는 절도단이 극성을 부리고 있었다. 작년 한 해만 2천만 위안(3백 70만 달러)의 전선을 훔쳐 중국 산업에 큰 지장을 주었다.

그로 인하여 인공위성 발사까지 지체되는 웃지 못할 일도 벌어졌다. 중국인들은 현재 개방화로 인해 돈이 되는 거라면 닥치는 대로 하면서 불법적인 일도 서슴없이 벌이고 있었다.

'등질방이 어디까지 말한 거지……'

"물론입니다. 그래서 우선은 국영기업과 정부기관에 납품 건을 진행하면서 시장을 넓혀가려고 합니다. 앞으로 기계식 전화기에서 전자식 전화기로 바꿔야 할 구형 전화기도 많을 테니까요."

"그런데 말입니다, 중국에도 전화기를 만드는 곳이 여러 곳이 있습니다. 더구나 전화기를 생산하는 일본과 대만기업들도 이곳에 들어와 있는데, 굳이 한국의 블루오션과 손잡을 이유가 있겠습니까?"

쑤수린의 말처럼 일본과 대만기업이 먼저 자리를 잡고 있었다.

"물론 그렇습니다. 하지만 그 기업들도 중국 내에 필요로 하는 전화기를 다 공급하지 못합니다. 그리고 블루오션은 전화기뿐만 아니라 무선호출기와 향후 차세대 셀룰러폰(휴대전화)까지 사업 영역이 다양합니다. 그리고 저희와 함께 해야 하는 가장 큰 이유는 등질방 씨께서 우리와 함께하실 거라는 겁니다."

아직까지 등질방에게서 어떤 확답도 받지 않았지만, 그가 블루오션과 함께하기로 했고 자신감 있게 말했다.

"블루오션에서 무선호출기와 휴대전화도 생산합니까?"

쑤수린은 내 말에 의외라는 눈빛으로 물었다.

"예. 무선호출기는 한국에서 생산하여 판매하고 있습니다. 블루오션에서 개발한 재즈(Jazz)시리즈는 한국에서 3위에 해당하는 시장점유율을 자치하고 있습니다. 휴대전화도 현재 미국의 퀄컴과 계약을 맺어 CDMA에 관하여 공동연구를 진행 중입니다."

"지금 저에게 말씀하신 게 다 사실입니까?"

쑤수린은 믿지 못하겠단 말투였다.

한국에 있는 내로라하는 대기업의 전자회사와 통신회사

들을 제치고 듣도 보도 못한 블루오션이 무선호출기 시장 점유율 3위라는 말이 사실 믿기지 않는 눈치였다.

"물론입니다. 제가 있지도 않은 일을 말하지는 않습니다."

"최근에 미국의 퀄컴은 한국전자통신연구소(ETRI)와 연구개발 협력을 맺지 않았습니까?"

중국의 우전부에 속한 인물이라서 그런지 퀄컴과 한국전자통신연구소가 맺은 연구협정에 대해 알고 있었다.

"물론 한국전자통신연구소와 CDMA의 기술개발을 위해 연구협정을 맺었습니다. 하지만 블루오션은 이미 작년에 퀄컴과 계약을 체결했습니다. 현재 블루오션의 개발연구소에 속한 핵심연구원들이 퀄컴의 본사가 있는 샌디에이고에서 CDMA의 상용화를 위한 공동연구를 진행하고 있습니다."

사실 엄밀히 말하면 공동연구가 아니라 CDMA에 대한 기본적인 개념과 기술을 습득하기 위한 연수였다. 하지만 쑤수린은 그러한 것을 확인할 방법이 없었다.

"블루오션이 그렇게나 큰 회사였는지 몰랐습니다. 한데 한국의 언론에서도 블루오션을 잘 알지 못하는 것 같습니다."

한국 내 회사들과의 접촉이 많아진 쑤수린이지만 블루오

선에 대한 이야기를 한국기업은 물론 언론에서도 듣지 못했다.

"지금껏 경쟁 회사의 견제를 줄이기 위해 언론과의 접촉을 일부러 피했습니다. 블루오션은 언론을 앞세우기보다는 내실과 기술개발에 매진하고 있었습니다. 필요하시다면 퀄컴과의 공동연구와 투자협정에 대한 계약서를 보여드릴 수도 있습니다."

"아닙니다. 강태수 대표님께서 이렇게까지 말씀하시는 것은 자신이 있기 때문이시겠죠. 사실 우전부에서는 올해 한 해만 해도 도시와 농촌 지역에 최소 6백만 대의 전화기를 공급할 계획입니다."

6백만 대란 수량은 어마어마한 숫자였다.

국내는 이미 전화기 보급률이 1백 명당 42대 꼴이었다.

블루오션에서 개발했던 레드아이 전화기는 월 최대 판매 대수가 1만 대를 넘지 못했다. 지금까지 팔려 나간 레드아이를 다 합쳐도 10만 대가 조금 안되었다.

중국의 92년 현재 인구는 11억 6천 5백만 명이고 중국의 전화회선 수는 9백 70만 회선으로 100명당 0.8대 정도로 전화 보급이 극히 저조한 상태였다.

중국은 95년까지 3천 2백만 회선을 증설할 계획이며, 자국 내의 통신 사업 규모가 그때까지 7조 2천억 원(90억 달러)에 달할 것으로 추정하고 있었다.

'블루오션에서 백만 대만 공급할 수 있다면… 아니, 오십만 대라도 나쁘지 않지. 분명 전화기 수요는 기하급수적으로 늘어날 것이다.'

중국에 진출하는 사업체가 늘어날수록 전화기의 수요는 가파르게 늘어날 것이 뻔했다.

"저희 회사가 그 일의 일부분을 충분히 담당할 수 있습니다."

"음, 알겠습니다. 우전부에서 공급하는 전화기에 대한 입찰 자격에 대해서 블루오션을 검토해 보겠습니다. 단, 등질방이 블루오션과 함께했을 경우입니다."

중국에서는 전화기를 개인이 구매하는 경우도 있었지만, 대부분 우전부에서 전화 설치와 함께 공급했다.

아직 지방도시와 농촌 지역에서는 전화기를 구매할 수 있는 판매장이 적기 때문이었다.

"물론입니다. 기회를 주신다면 충분한 보답을 해드리겠습니다."

쑤수린은 내 말뜻이 무엇을 의미하는지를 알았다는 듯이 미소를 지으며 악수를 하기 위해 오른손을 내밀었다.

"좋은 결과가 있기 바랍니다."

우전부 내에서 적잖은 영향력을 가지고 있는 쑤수린이 도와준다면 우전부는 물론 다른 정부기관이나 국영기업에서도 납품할 가능성이 컸다.

"시간을 내주셔서 고맙습니다."

"그럼 다음에 또 뵙겠습니다."

"예."

쑤수린은 테이블에서 일어나 또 다른 한국기업의 인물들이 있는 곳으로 향했다.

"이야기가 잘된 것입니까?"

통역을 받았던 박용서가 물었다.

"지금까지는 나쁘지 않습니다. 하지만 앞으로 해결해야 할 문제가 적지 않습니다. 그때까지 박용서 씨가 잘 도와주셔야 합니다."

"예, 최선을 다하겠습니다. 저도 맡겨진 몫보다 그 이상을 하고 싶습니다."

박용서는 나에게서 인정받고 싶어 하는 욕심이 있었다.

"앞으로 기회가 많을 것입니다. 아직은 중국에 첫걸음도 뗀 것이 아니니까요."

실질적으로 아무것도 시작한 것이 없었다. 하지만 중국 진출을 위해서 생각지도 못한 인물들을 만났다는 것이 중요했다.

그들을 통해서 좀 더 유리한 발판으로 삼을 수 있는 인물들을 만날 수 있는 디딤돌을 놓았다는 것이다.

호텔로 돌아와 등질방과의 합작에 대한 문제를 정리했다. 사실 중국에 진출을 모색하는 대기업들도 독자적인 진출보다는 중국 내 기업과 합작투자를 진행하고 있었다.

합작투자가 독자적인 투자보다 중국 정부에서 지원하는 혜택이 더 많았다.

중국 정부는 합작투자로 인하여 중국 기업이 더 많은 기술을 습득하길 원했다.

아직 중국 기업들의 기술 수준은 떨어졌고 자체적으로 만들어내는 제품들도 다른 나라와 비교해서 경쟁력이 떨어졌다.

중국은 자국 산업을 육성하기 위해서 많은 자본이 들어가야 했고, 그렇기 위해서는 외화를 벌어들여야만 했다.

세계의 공장이라는 별명이 붙었던 중국의 저력이 꿈틀대는 시기였다.

"자! 오늘은 실컷 마셔도 됩니다."

공식적인 일정은 오늘로써 끝이 났다.

나는 약속한 대로 박용서의 환영회를 해주기 위해서 북경에서 유명한 음식점에 자리를 잡았다.

"중국 술이 러시아의 보드카보다는 제 입맛에는 맞습니다. 큭!"

김만철은 자리에 앉자마자 죽엽청주 한 병을 단숨에 비웠다.

"박용서 씨의 입사를 축하하며 거국적으로 건배하시죠."

나의 말에 박용서를 비롯한 두 사람이 술잔을 들었다.

"앞으로 박용서 씨로 인해서 중국에서의 사업이 크게 성장해 나갈 것입니다. 자! 박용서 씨의 앞날을 위하여!"

"위하여! 잘해보자고."

"위하여! 환영해."

김만철과 티토브 정은 진심으로 박용서의 입사를 축하해 주었다.

앞으로 시간이 지나면서 중국의 상황을 조금씩 인식하게 되는 한국인들은 경제와 생활수준이 낙후된 중국에 대한 우월감을 가지기 시작한다.

특히나 동북 3성(지린성, 헤이룽장성, 랴오닝성)을 여행한 한국인들은 그곳의 생활상과 조선족들의 소득 수준을 알고 나서는 중국인은 물론, 특히 조선족을 무시하는 언동과 행동을 보였다. 이러한 모습으로 인해 조선족들의 자존심에 심한 손상을 입혔다.

하지만 지금 식당에 모인 우리는 진심으로 박용서를 환

영했다.

"정말 고맙습니다. 앞으로 여기 계신 분들께 부끄럽지 않은 사람이 되겠습니다. 저를 받아주신 대표님께 진심으로 감사드립니다. 또한 평생 잊을 수 없는 은인이십니다."

나를 바라보며 말하는 박용서의 눈과 말에는 진심이 담겨있었다.

앞으로 펼쳐질 중국 사업과 흑천과의 싸움에서 큰 힘이 될 인물이 합류한 것이다.

Chapter 5

다음 날 떵한 머리를 쥐고는 등질방과 약속한 장소로 향했다. 언제부터인지 예전에 마시던 주량이 되살아난 것만 같았다.

음식점의 술을 다 동이 날 정도로 우리 네 사람이 마신 술의 양이 장난이 아니었다.

마치 각 출신 지역을 대표하듯이 서로에게 지지 않으려는 듯이 술을 마셔 댔다.

티토브 정은 러시아를, 김만철은 북한을, 박용서는 중국을, 나는 남한을 대표하는 격이 되었다.

얼마 지나지 않아서 첫 번째로 나가떨어진 것은 나였다. 호텔로 돌아와 2차로 가진 술자리에서 그대로 쓰러져 버렸다.

나를 뺀 세 사람이 우열을 가리기도 전에 호텔 방에 비치된 술이 떨어져 버리고 말았다.

정말이지 세 사람의 주량은 자신의 출신을 대표할 만했다.

그렇게 술을 마셨는데도 약속 장소로 함께 이동하는 박용서는 한 치의 흐트러짐이 없었다.

"대표님, 괜찮으십니까? 어제 저 때문에 무리하신 것이 아닌지 모르겠습니다."

"아, 예. 머리가 좀 아프네요. 박용서 씨는 나보다 더 마셨는데 괜찮으세요?"

"예, 저는 괜찮습니다. 다른 분들은 정말 장난이 아니었습니다. 술이 떨어져서 그렇지 저도 큰일 날 뻔했습니다."

박용서의 말처럼 김만철과 티토브 정은 말술을 넘어선 술고래들이었다. 그것도 태평양과 남극해를 거침없이 누비는 지구 상에서 가장 큰 생물체인 대왕고래(흰긴수염고래)였다.

"러시아의 난다 긴다 하는 술고래들을 쓰러뜨린 괴물들이니 잘 상대해야 할 것입니다."

"그 정도입니까?"

"마음만 먹으면 일주일 내내 잠도 자지 않고서 술을 먹을 사람들입니다."

"저도 어디 가서 적게 마시는 편이 아니라고 들었는데, 과장님들에게는 안 되겠네요."

티토브 정은 6월에 과장으로 진급했다. 김만철은 내년 초에 차장으로 진급시킬 생각을 하고 있었다.

"후후! 그게 정답입니다. 술로 상대할 사람들이 아니죠."

대화가 끝날 무렵 목적지인 아시아호텔에 도착했다.

등질방은 사람들의 시선을 의식해서인지 아예 방을 잡아 놓았다.

방 안에는 등질방 외에도 그의 사업을 돕고 있는 한 인물이 함께하고 있었다.

"등질방 씨의 사업을 돕고 있는 류칭지라고 합니다."

류칭지는 명함을 정중히 건네며 말했다.

류칭지(劉慶基)라고 자신을 소개한 인물은 홍콩에서 부동산업과 운송업을 하고 있었다. 그는 등질방이 상하이에서 벌이고 있는 사업에도 투자한 상태였다.

또한 류칭지는 등질방이 홍콩에 가지고 있는 사업체를 관리해 주기도 했다.

나이는 40대 중후반으로 보였다.

"강태수라고 합니다."

나 또한 중국어로 된 명함을 류칭지에게 건네주었다.

"파란 바다라! 블루오션이란 이름이 참으로 멋스럽습니다. 이름에 담긴 의미가 있습니까?"

류칭지는 명함을 보며 내게 물었다. 홍콩인이라 그런지 영어를 능숙하게 잘했다.

방 안에 있는 사람들 모두가 영어를 구사할 수 있어 박용서의 통역이 필요 없었다.

"예. 넓고 깊은 대양에 사는 발견되지 않은 새로운 생물체처럼, 늘 새롭고 놀라운 제품을 창조해서 시장을 석권하자는 의미에서 지었습니다. 또한 부르기도 쉽고 듣기에도 좋아서 제가 직접 선택했습니다."

'후후! 블루오션의 의미를 갖다 붙여서 조금 미안한데……'

"오! 의미를 알게 되니 더 멋져 보입니다. 둥질방 씨께서 강태수 대표님이 젊고 센스가 넘치시는 분이라고 하셨는데, 오늘 직접 뵙고 보니 그 말이 전혀 틀리지 않는 것 같습니다. 저는 둥질방 씨의 사업 파트너라고 보시면 됩니다."

둥질방은 나와 류칭지의 대화를 조용히 듣고만 있었다.

"좋게 봐주시니 고맙습니다. 사업 파트너라면 둥질방 씨에게 제의했던 블루오션과의 합작에도 관여하시는 것입니까?”

“제가 등질방 씨에게 강태수 대표님의 이야기를 듣고서 함께 참여하고 싶다고 말했습니다.”

류칭지의 말에 등질방이 나섰다.

“여기 있는 류 선생은 홍콩에서 크게 사업을 하시면서 제 사업체도 관리해 주시고 계십니다. 지금 진행 중인 상하이 개발에도 참여 중이시고요. 블루오션과의 합작사업이 작게 시작될 것이 아닐 것 같아서 류 선생에게도 참여를 부탁했습니다.”

등질방의 말은 한마디로 자신이 잘 알지 못하는 사업에 감시자를 두겠다는 말이었다.

‘잔소리가 많은 시어머니가 아니어야 하는데……’

“그럼 합작을 결정하신 것입니까?”

“예. 저도 나름대로 알아보니 강태수 대표님께서 제의한 사업이 전도유망하더군요. 중국의 산업 발전에도 이바지할 수도 있고 해서 진행하기로 결정했습니다.”

등질방은 미소를 지으며 말했다. 그의 말처럼 등질방은 자신이 갖고 있는 힘을 이용해 여러 곳을 통해서 정보를 얻고 사업에 대한 타당성을 검토했다.

결론은 충분히 승산이 있는 게임이라는 것이었다.

더구나 태자당의 인물들이 부동산투자에만 열을 올리고

있다는 부정적인 시선과 언론의 동향에서도 벗어날 수 있었다.

"분명 잘한 결정이 될 것입니다. 그럼 합작 비율은 어떻게 가져갈지 생각해 보셨습니까?"

그때 옆에 있던 류칭지가 나섰다.

"그건 제가 말씀드리겠습니다. 둥질방 씨와 제가 각각 30%와 20%를 투자하고 강태수 대표님께서 50%를 투자해서 5 대 5로 하는 것이 좋을 것 같습니다. 회사 경영은 모두 강태수 대표님께 일임을 하는 대신, 둥질방 씨께서 형식상 이사로 등재하고 제가 고문 역할을 담당하는 것이 좋겠습니다."

'음, 한 사람보다 두 사람을 상대하는 것이 피곤한 일인데……'

"그럼 경영에는 일체 참여하지 않으실 것입니까?"

가장 중요한 일이었다. 사공이 많으면 배는 원하는 목적지가 아닌 산으로 간다.

"물론 그렇습니다. 대신에 합작한 회사의 경영 상태가 악화하였을 경우에는 제가 경영에 참여하는 길을 열어두었으면 합니다."

"경영 상태의 악화라면 어느 선까지를 말하는 것입니까?"

"아직 구체적인 선은 생각해 보지 않았지만 3년간 연속해서 회사가 적자 상태라든가 아니면 회사 내에 큰 비리가 발생했다든가 하는 조건 정도로 생각하시면 될 것 같습니다."

'그 정도면 문제될 것이 없겠지…….'

"그 정도라면 누구나 이해할 수 있겠습니다. 합작회사에서 발생하는 이익에 대한 분배는 투자비율 대로 가져가실 생각이십니까?"

"아닙니다. 저도 회사를 경영하는 사람으로서 1년간은 회사의 안정을 위해서 이익이 발생해도 이익금을 가져가지 않겠습니다. 회사가 건실하게 커지면 그만큼 우리에게도 이익이니까요. 대신 앞으로 회사가 발전하고 성장해 주식을 상장하는 때가 온다면 그때 우리와 시기를 조율해 주셨으면 합니다."

투자된 회사에서 발생하는 이익금을 가져가는 것도 중요했지만 두 사람은 합작회사의 주식상장을 목표로 하고 있었다.

그것이 투자 이익을 극대화하는 방법이었다.

"무슨 말씀인지 알겠습니다. 그럼 중요한 사항들을 하나씩 이야기해 보시지요. 합작회사의 이름은…….'

서로가 원하는 중요한 항목들만 해결되면 나머지 소소한

것들은 변호사와 회사 직원들이 진행하면 되었다.

합작회사의 전반적인 상황에 관련되어서는 류칭지가 나서서 이야기를 했다.

합작회사의 이름은 블루오션상하이로 정했다. 합작회사의 위치를 상하이로 정했기 때문이다.

블루오션상하이는 앞으로 중국의 발전 상황과 물류, 판매상황을 고려할 때에 사무실과 공장을 상하이에 있는 풍둥신구(浦東新區)에 두기로 했다.

풍둥신구 지역은 땅값이 이미 상당히 상승했고 이용할 수 있는 토지가 거의 없었다. 하지만 등질방을 통해서는 블루오션상하이가 원하는 땅을 얻을 수 있었다.

3시간에 걸쳐 이야기를 나눈 후에야 서로가 원하는 방향을 하나로 모을 수가 있었다.

투자금은 모두 1천만 달러로 블루오션에서 5백만 달러를, 등질방과 류칭지가 3백만 달러와 2백만 달러를 각각 투자하기로 했다.

회사 지분은 투자비율 대로 나눠가기로 했다.

회사 운영에 따른 제반 경비를 뺀 이익금은 기술적인 부분과 회사 경영을 맡는 대가로 블루오션이 70%를, 나머지 20%를 등질방이, 10%는 류칭지가 나눠 갖기로 했다.

이들의 역할은 투자만으로 끝나는 것은 아니었다.

둥질방은 그의 이름이 가지고 있는 힘과 그가 쌓아놓은 콴시(關係)를 바탕으로 사업을 도울 것이다.

류칭지는 홍콩과 중국에서 이미 사업을 벌이고 있는 만큼 그가 경험했던 중국 내 사업 노하우를 전수하고 동남아와 홍콩으로의 수출에도 힘을 쓸 생각이다.

류칭지 또한 홍콩과 중국 내에 적지 않은 인맥을 형성하고 있었다.

핵심적인 사항을 정리하고는 나머지 세부 사항은 직원들을 통하기로 했다. 최종적인 계약조항들이 정리되면 변호사의 검증을 바탕으로 계약에 사인하기로 했다.

이러한 계약 상황을 블루오션과 명성전자에 전하고는 중국 공장 설립에 관한 준비를 지시했다.

내가 생각하는 것보다 일의 진행이 빨라질 수도 있었다.

나는 곧장 상하이로 건너가 블루오션상하이가 들어서게 될 곳을 둘러보기로 했다.

올해 안에 블루오션상하이에서 제품이 나오게 하려면 보통 서둘러서는 안 되었다.

본사 사무실로 이야기된 건물은 류칭지가 소유한 건물이었다. 류칭지는 상하이에 건물뿐만 아니라 호텔도 짓고 있었다.

상하이에는 노태우 대통령이 전날 방문하여 루완구 소재에 있는 옛 임시정부 시절에 사용했던 청사를 둘러보았다.

상하이는 현재 곳곳에서 대규모 공사가 이루어지고 있었지만 아직은 우리나라 70년대 초반 분위기를 연상시키는 건물들과 풍경이 대다수였다.

류칭지가 소유한 건물은 푸둥신구를 끼고 흐르고 있는 황푸강을 내려다볼 수 있는 건물이었다.

푸둥센터라고 이름이 지어진 지하 3층에 지상 37층의 이 건물은 올 초에 완공되었다. 홍콩과 대만 자본이 투입된 고급상업건물이다.

블루오션상하이의 본사는 잠정적으로 이 푸둥센터에 입주하기로 했다.

공장이 설립될 장소는 푸둥센터에서 승용차로 20분 정도 떨어진 곳이었다.

아직은 아무것도 세워지지 않은 1만 2천 평 정도 되는 빈 부지였다. 일대 주변에서는 공장을 짓고 있는 곳도 있었다.

"음, 위치는 좋은데. 이곳에다가 공장을 새롭게 짓고 생산을 시작하려면 적어도 1년은 걸리겠는데."

"그럼 어떻게 해야 합니까?"

비서 역할과 운전기사 노릇까지 하고 있는 박용서가 물었다. 중국에서 내가 자동차를 직접 운전을 하려면 복잡한

절차를 걸쳐야 했다.

우리는 류칭지가 빌려준 승용차를 타고 다녔다.

"우선은 건물을 빌려서라도 공장을 설립해야겠습니다. 그곳에서 전화기를 생산하면서 이곳에 공장을 세워야지요."

머릿속에 떠오른 생각은 이곳에다 블루오션에 부품을 납품하는 사출업체와 금형업체까지 한꺼번에 입주를 한다면 나쁘지 않겠다는 것이었다.

아직 이곳에서 품질이 뛰어난 납품업체를 찾기는 쉽지 않은 일이었다.

한국에서 건너온 사출업체들과 금형업체들은 주로 칭다오(청도)와 다렌(대련) 쪽으로 진출을 많이 했다.

상하이는 이제 막 태동하는 단계라 블루오션상하이처럼 공장 설립이 한창이었다.

상하이의 면적은 6,340㎢로 서울의 10.5배이며 상주인구는 1,858만 명으로 서울의 1.8배였다.

상하이는 '마력의 도시'로 불리며 앞으로 중국 경제의 중심에서 세계 경제의 중심으로 우뚝 솟아가며 거대한 위용을 떨쳐가게 된다.

그곳에서 중국 진출의 첫걸음이 시작되고 있었다.

Chapter 6

블루오션상하이에 지금 가장 필요한 것은 숙련된 인력이었다.

지금의 중국은 일할 수 있는 인력은 넘쳐 났다.

농촌에서부터 도시로 이동하는 수많은 농민공의 행렬은 각 도시의 역마다 흔히 볼 수 있는 광경이었다.

중국의 개혁개방 이후 일어난 가장 큰 변화 중 하나는 농촌으로부터 도시로의 대규모 노동력의 이동이다.

특히 낙후한 중서부 내륙의 농촌 지역에서 급속한 경제성장을 이룬 동남 연해 지역으로 이동 중이었다.

더구나 농민공의 도시 유입은 1992년 도시에서 식량 배급표(粮票)를 없애 버리는 조치를 단행한 이후 본격적으로 심화되었다.

이전에는 배급표가 있어야 도시에서 식량을 구매할 수 있어 농민이 도시에서 일을 해도 식량을 살 수 없었다.

이제는 농민도 도시로 가서 일할 수 있게 되었고 일을 통해 번 돈으로 식품과 생활필수품을 살 수 있게 되자, 도시로 유입된 농민공의 숫자가 크게 증가한 것이다.

베이징역이나 상하이역에는 거처를 마련하지 못한 많은 농민공들이 역의 광장이나 대합실에서 숙식을 하며 일거리를 찾고 있었다.

"공장이 설립되는 동시에 생산에 들어가야 하는데… 문제는 경험이 풍부한 직원을 구하기가 쉽지가 않다는 것인데."

도도하게 서해로 흘러들어 가는 황포강을 내려보며 이런저런 고민에 잠겼다.

명성전자에서 경험 많은 생산직 직원들을 이곳으로 데려올 수도 없었다.

기술 감독과 관리를 위해서 몇몇 직원들을 파견할 수는 있었지만, 모두가 블루오션상하이로 건너올 수 없었다.

모든 것을 새롭게 가르치고 시작하려면 시간이 부족했

다. 그렇다고 한국에서 생산직 직원을 뽑아 중국으로 보내면 오히려 이곳의 전화기제조회사와 가격경쟁력이 없었다.

디자인과 성능을 앞세워도 중국의 국영기업과 관공서를 공략하려면 지금은 가격이 우선이었다.

"후! 막상 합작을 이루어냈지만, 문제가 한두 가지가 아니야. 생산량에 따른 부품 공급도 맞춰야 하겠지. 중국 쪽에 전적으로 신경을 쓸 수도 없는데……. 후! 쉽지가 않아."

낮에 레드아이의 플라스틱 사출을 담당하는 형제금형의 박인호 사장과 오랜만에 통화를 했다.

형제금형은 명성전자와 블루오션과의 거래로 매출이 크게 늘었고 그 덕분에 공장도 확장했다.

나는 박인호 사장에게 블루오션의 중국 진출에 관한 이야기를 꺼냈고 그에게 중국 진출을 권했다.

형제금형이 블루오션상하이의 공장 부지에 함께 들어오면 상당한 경쟁력이 생기기 때문이다. 하지만 형제금속도 생산 인력이 문제였다.

올해 공장을 설립해 전화기를 중국에서 생산하기 위해서는 시간이 부족했다.

"박 사장이 이야기한 공장이 다 만들어졌다면 큰 문제 하나가 풀리는데."

박인호 사장과의 통화 중에 그가 알고 지내던 인물이 작년 말 상하이에 사출공장을 설립했다는 소식이 있었다.

안산공단 내에 있던 공장을 모두 정리하고서 일찌감치 중국에 자리를 잡으려고 발 빠르게 움직인 것이다.

기존에 알려준 연락처로 통화가 이루어지지 않아 알아보고 전화를 준다고 했다.

만약 그곳에서 레드아이의 사출 부품을 공급받을 수 있다면 큰 문제 하나가 해결되는 것이다.

나는 호텔 냉장고 안에 구비된 칭다오맥주를 하나 더 꺼내어 잔에 따랐다.

내일 저녁까지는 한국으로 돌아가야만 했다.

따르릉! 따르릉!

호텔 방 안에 놓인 전화기가 울렸다.

"여보세요."

─박인호입니다. 연락이 되었는데 이거 좀 문제가 있습니다.

"무슨 문제입니까?"

─무슨 일로 그런지 모르겠지만, 상하시 당국에서 이번 달에 영업정지 통보와 함께 공장의 장비를 압수했다고 합니다.

기다리던 좋은 소식이 아니었다.

"음, 알겠습니다. 제가 한 번 만나보겠습니다. 연락처를 알려주십시오."

─연락처는 3421─4753입니다. 잘못하면 공장을 통째로 빼앗기게 된다고 하던데. 제가 볼 때는 만나보셔도 도움이 안 될 것 같습니다.

"그래도 만나보고 나서 한국으로 돌아가는 게 좋을 것 같습니다. 한국에 돌아가게 되면 연락드리겠습니다."

─예, 강 대표님 덕분에 중국 진출을 다 해보겠네요. 그럼 일 잘 보시고 돌아오십시오. 기다리고 있겠습니다.

박인호 사장과 그의 동생인 박인철은 나를 전적으로 믿었다.

형제금속은 문래동에서도 상당한 위치를 차지하는 회사로 커졌다. 그 모든 것에는 나와의 만남으로부터 시작된 일이었다.

다음 날 박인호 사장이 알려준 전화번호로 통화하고는 미주금속을 방문했다.

호텔에서 승용차로 1시간 거리에 있는 곳이었다.

미주금속은 1천 평 정도 되는 공장이었다.

공장 입구에서 50대로 보이는 인물이 나를 기다리고 있었다.

"안녕하십니까? 전화했던 강태수라고 합니다."

"어서 오십시오, 김관수입니다. 괜한 발걸음을 하신 것 아닌지 모르겠습니다. 일단 사무실로 가시지요."

"예"

나는 김관수의 안내를 받으며 사무실로 쓰는 건물로 들어갔다.

십여 개의 책상이 놓인 사무실은 여직원과 남자직원 하나만 자리를 지키고 있었다.

그의 안내로 사장실로 들어가 이야기를 나누었다.

"보시다시피 공장이 멈춘 상태입니다. 공장 내 기계도 상하이시 당국에서 압류표시를 붙여놓아서 가동할 수도 없습니다."

상황은 생각했던 것보다 심각했다.

"무슨 문제인지 여쭤 봐도 되겠습니까?"

"후! 제가 너무 무지하고 사람을 너무 믿은 탓입니다. 합작했던 중국 측 파트너가 출자했던 지금의 공장 용지가 국가에서 무상임대로 받은 토지라 출자할 수 없는 토지였습니다. 제게 보여주었던 서류를 모두 조작했던 거였습니다. 더구나 이 문제를 해결하겠다고 해서 제가 공장 운영 자금까지 건네주었는데, 그 돈까지 가지고서 날랐습니다."

큰 한숨을 내쉬며 말하는 김관수 사장은 모든 걸 포기한 표정이었다. 언어적인 문제와 중국의 현지 상황을 잘 알지 못한 것이 문제였다.

김관수는 중국 파트너의 치밀한 사기극에 당한 것이다.

"한국대사관에는 연락해 보셨습니까?"

"연락을 해봤지만 도와줄 방법이 없다고 합니다. 서류를 확인하고 사인한 것은 모두 제가 한 것이니까요. 한데 아무리 생각해 보아도 합작 파트너와 담당 공무원이 짜고서 한 일 같습니다. 후! 아무리 의심이 가도 이곳이 한국이 아니라서 그런지 제 말을 믿어주지도 않고, 물증도 없으니까 답답하기만 합니다. 25년을 고생해서 모은 전 재산을 중국에서 날리게 되었으니, 한국에는 어떻게 돌아갈지도 문제입니다."

하소연하듯이 말하는 김관수 사장의 사정이 정말 안타까웠다.

이제 막 생겨난 한국대사관은 이런 일을 도와줄 형편이 되지 못할 뿐만 아니라 현지 상황을 파악하기에도 힘에 부쳤다.

이제 막 중국과의 경제 협력과 국내 회사들의 중국 진출이 본격적으로 시작된 해였기에 이러한 문제들이 여러 곳에서 벌어지고 있었다.

"문제가 심각하네요. 회사 직원들은 다 떠났습니까?"

"어떻게든 해결할 테니 이번 달만 있어 달라고 했지요. 제가 그래도 직원들한테는 신경을 많이 썼습니다. 공장을 다 지어놓고 돈 좀 벌겠다 싶었는데, 이런 일이 터지고 나니 죽고 싶은 심정뿐입니다. 후! 이거 처음 보는 분께 흉한 모습만 보이네요."

말을 김관수 사장의 눈가가 촉촉해지는 것이 보였다.

타국에 와서 이런 일을 당하면 누구나 김관수 사장과 같은 마음일 것이다.

"음, 문제가 해결될 수 있다는 확답은 못 드리지만 제가 좀 도와드릴 방법을 한번 찾아보겠습니다."

"후유! 아닙니다. 아직 중국에 오신 지 얼마 안 되셔서 이곳 상황에 대해서 모르시는 것 같은데, 여긴 한국하고는 전혀 다른 곳입니다. 하여간에 말은 고맙습니다. 그대로 이렇게나마 이야기를 하고 나니 속은 조금 풀리네요."

"밑져야 본전 아닙니까? 이곳의 담당 공무원의 이름과 연락처를 알려주십시오. 저도 이곳에서 사업을 하려면 김관수 사장님의 도움이 꼭 필요합니다."

내 말에 김관수 사장은 눈을 껌뻑거릴 뿐 대답을 하지 않았다.

그도 그럴 것이 김관수 사장에게 나처럼 말한 한국 사람이 여럿 있었다. 그들은 김관수 사장에게서 일을 처리하는

데 드는 사례비와 경비 명목으로 돈을 받아 챙겼다.

어떻게든 문제를 해결하고 싶은 김관수는 돈을 빌려서라도 주었다.

문제는 돈을 받고도 전혀 해결되지 않았다는 것이다.

"후, 이젠 사례비로 줄 돈도 없습니다."

"사례비는 필요 없습니다. 만약 문제가 해결되면 좋은 품질의 제품을 저희 회사에 납품해 주시면 됩니다."

내 말에도 김관수 사장은 긴가민가한 표정이었다. 그동안 이래저래 마음고생이 심했고, 그런 점을 이용해서 돈을 뜯어낸 사람들이 같은 한국 사람이었다.

"정말 아무 조건 없이 날 도와주겠다는 것입니까?"

김관수는 나를 바라보며 다시 한 번 물었다.

"하하! 조건은 말씀드렸습니다. 좋은 제품을 만들어주시면 됩니다."

"이곳에 와서 사람 말을 곧이곧대로 믿지 않게 되었습니다. 본심을 몰라봐서 미안합니다. 우리 공장 담당자가……."

그제야 김관수 사장은 의심을 거두고서 상하이시 정부의 해당 공무원의 이름과 전화번호를 알려주었다.

또한 미주금속과 합작을 진행했던 중국 측 파트너의 이름도 알아내었다.

나는 곧장 호텔로 돌아와서는 등질방에게 연락을 취했다.

블루오션상하이의 탄생이 기정사실로 정해지자 그는 자신과 연락할 수 있는 직통 연락처를 내게 주었다.

등질방에게 미주금속의 현 상태와 블루오션상하이의 제품생산에 있어 꼭 필요한 공장이라는 말을 전했다.

미주금속이 사기를 당한 이야기와 이런 상황이 한국에 알려지면 외국 투자자들이 중국에 투자하는 데 좋지 않은 영향을 끼칠 것이라는 이야기도 나누었다.

등질방은 묵묵히 나의 이야기를 들었고 사태 해결 방법을 찾아보겠다는 말과 함께 전화를 끊었다.

"우선은 기다릴 수밖에는 없겠지."

급하다고 서둘러서 일을 진행할 생각은 없었다. 하나하나 차근차근 철저하게 준비해야지만 중국에서 살아남을 수 있었다.

11억 6천만 명의 인구수만 바라보고 어설프게 중국에 덤벼들었다가 낭패를 본 기업은 우리나라뿐만이 아니었다.

중국 사람들은 대륙적인 기질을 타고났기 때문인지 자기주장이 강하고 자존심 또한 높았다.

이러한 기질을 알지 못한 채 우리보다 잘살지 못하는 것만을 가지고 무시했다가는 큰코다치기 심상이었다.

미주금속 문제로 한국으로 들어가는 일정을 조정해서 하루 더 상하이에 머물기로 했다.

한편으로는 블우오션상하이의 인력수급 문제로 박용서가 졸업한 칭화대에서 함께 공부했던 조선족 친구들에게 연락을 취했다.

칭화대에는 조선족 출신 학생 십여 명이 박용서와 함께 공부를 했고, 이들은 같은 소수민족이라는 이유로 자주 모임을 가졌었다.

이들 중에서 블루오션상하이에 관심이 있는 친구들을 입사시킬 계획이었다. 요즘 들어 대학을 졸업하는 중국 대학생들이 꼽는 취업 1순위는 월급을 많이 받을 수 있는 외국인 회사였다.

이들은 한국어와 중국어를 모두 사용했기 때문에 한국 직원들과도 쉽게 대화를 나눌 수 있다는 장점이 있었다.

블루오션상하이에는 되도록 조선족 출신의 직원들을 뽑을 계획이다.

블루오션상하이에 근무할 인력에 관해 이야기를 나누고 있을 때 등질방에게서 전화가 걸려왔다.

—상하이시 정부에서 미주금속 토지의 토지사용권을 출

양(出讓)하기로 했습니다. 강 대표님께서 토지 대금을 지급하시면 될 것 같습니다.

개인이나 기업이 새로이 건축부지나 공장용지 등으로 일정 토지를 사용하기 위해서는 시, 현급의 인민정부 토지관리부에게 일정 대가를 지급하고 토지사용권을 부여받아야 한다. 이런 절차를 국유토지사용권 출양(出讓)이라고 한다.

미주금속은 돈이 없었고 돈이 있다고 해도 박관수 사장이 토지를 출양받는 절차가 까다로웠다.

등질방의 입김이 작용한 일이라 내가 처리하는 게 나았다.

"그건 문제없습니다. 공장을 돌리려면 압수표시가 붙은 기계들과 항구에 묶여 있는 자재 문제도 해결되어야 합니다."

─그 문제도 풀어주기로 했습니다. 미주금속과 관련된 상황은 상하이시 당국에서 직접 조사하기로 했습니다. 시간은 걸리겠지만 이 일에 관련된 자들은 처벌받을 것입니다.

"신경 써주셔서 감사합니다."

─블루오션상하이에 관련된 일이니까요. 문제가 또 생기며 이쪽으로 연락을 취하십시오.

등질방은 전화번호와 함께 장다밍이라는 이름을 알려주었다.

장다밍은 상하이시 행정부시장이란 직책을 갖고 있었다.

상하이시에서 실질적인 권한을 행사하는 인물 중 하나로, 그는 올해 서울을 방문하기도 했다.

"감사합니다. 저는 내일 한국으로 들어갑니다."

─언제 다시 중국에 들어오시나요?

"블루오션상하이에서 근무할 한국 직원들을 뽑은 후에야 가능할 것입니다. 다음 달 말쯤으로 예상합니다."

─일정에는 차질이 없겠지요?

"물론입니다. 이미 한국에서 생산과 관련된 장비들을 준비 중에 있습니다."

─알겠습니다. 중국에 오시면 뵙도록 하시지요.

"예, 나중에 다시 찾아뵙겠습니다."

등질방과 전화를 끊고는 미주금속에 전화를 걸었다. 등질방이 처리해 준 일을 전하기 위해서였다.

─미주금속입니다.

"블루오션의 강태수입니다."

─아이고! 강 대표님 정말 고맙습니다. 이렇게나 빨리 처리될 줄은 몰랐습니다. 오늘 기계에 붙었던 딱지를 다 떼어 갔습니다.

중국 관공서의 일 처리는 그렇게 빠르지 않았다. 그런데 벌써 미주금속에 대한 행정적 조치가 취해진 것이다.

이것이 등질방의 힘이었다.

"잘되었네요. 공장 토지는 상하이시로부터 저희가 토지 사용권을 출양받기로 했습니다. 아무 문제없이 공장을 가동할 수 있게 해드릴 테니, 말씀드린 대로 생산에만 신경을 쓰시면 됩니다."

출양받은 공장 토지는 50년 이상 소유권을 인정받는다.

—예, 걱정하지 마십시오. 제가 최고의 품질로 납품하겠습니다. 정말이지 강 대표님께서 죽은 목숨을 살려주신 것입니다. 이 은혜를 평생 잊지 않겠습니다.

김관수 사장의 목소리는 이전과 달리 기운이 넘쳐났다.

"준비 잘하시고요. 다시 전화하겠습니다."

—예, 열심히 준비해 놓겠습니다. 감사합니다, 대표님.

수화기를 내려놓은 상황에서도 김관수 사장은 고마움을 표했다.

딸각!

"일단 급한 불 하나는 껐네. 후! 이곳에 와서도 힘이 있는 거와 없는 것을 확실히 느끼게 되네."

한국이나 중국이나 별반 다를 것이 없었다.

일이 발생하면 그걸 해결할 수 있는 자와 없는 자를 확실히 구별할 수 있었다.

그것이 현실이었고, 세상이 지향하는 법칙이었다.

Chapter 7

　박용서를 상하이에 남겨두고서 한국으로 귀국했다.

　그는 현지에서 블루오션상하이의 사무실 세팅을 위한 준비 작업을 할 예정이다.

　한국에 도착해서도 쉴 틈이 없었다. 귀국 첫날에도 곧장 공항에서 블루오션이 있는 구로동으로 향했다.

　중국 현지 공장 설립을 위한 시간이 촉박하기 때문에 블루오션상하이 합작을 위한 세부적인 합의 사항들을 점검하고 법률적인 조항도 바로 검토해야만 했다.

　특히나 블루오션상하이에 파견할 직원들을 내부 협의를

거쳐 선발하거나 새롭게 뽑아야 했다.

상하이로 보낼 생산 장비와 부품들은 이미 발주가 진행되고 있었다.

또한 현지 공장 설립을 위한 건축설계 회사와의 협의도 필요했다. 공장 설계는 모스크바 근교에 짓고 있는 도시락 공장 설계를 담당했던 창조이엔씨에 의뢰할 생각이다.

한동안은 블루오션상하이와 관련된 일에 매달릴 수밖에 없는 상황이었다.

현지 생산에 맞춘 레드아이의 가격 산출도 다시 해야만 했고, 가격경쟁력을 위해 기능을 떨어뜨린 다운그레이드 제품도 고려해야만 했다.

더구나 블루오션상하이의 공장에서 생산직 직원으로 누굴 고용하느냐에 따라서 생산단가가 달라질 수 있었다.

상하이시에 거주하는 사람과 도시로 몰려들고 있는 농민공을 채용하는 것에 따라 임금이 크게 달라지기 때문이었다.

농민공의 평균 임금은 농민이라는 호적상의 제약 때문에 도시 노동자의 3분의 1 내지는 절반 수준에 불과하다.

현지의 경쟁력을 위해서는 하나하나 따져 봐야 할 세부 조건들이 상당했다.

"후! 이러다가 청춘을 일에 다 바치겠네."

회사 일을 분명 혼자만 하는 것은 아니었는데도 챙겨야 할 것이 너무 많았다.

새로운 사업을 시작할 때마다 시간 관리가 점점 힘들어지고 있었다.

회사별 중요 일정을 체크하고 관리하는 비서를 두었는데도 힘에 부쳤다.

오후 1시쯤 명성전자에 도착해 쉬지 않고 일을 하다가 저녁 7시가 넘어서야 회사를 나설 수 있었다.

차에 올라타기 전에 기지개를 켜자 온몸에서 소리가 요란하게 났다.

우두둑!

"끙! 몸도 힘들다고 항의하는 것 같네. 그러고 보니 오늘이 금요일이네… 금요일!"

그때 머릿속에 요란하게 경보음이 울렸다.

"아! 금요일… 이거 정말 큰일이네."

중국 일정을 하루 연기했던 것이 문제였다. 오늘은 바로 가인이와 예인이의 생일이었다.

일에 너무 몰두했던 것이 가인이와 예인이의 생일을 순간 잊어버리게 만들었다. 거기에다가 한국에 오자마자 삐삐의 전원을 켜야만 했는데 그것도 깜빡 잊고 하지 않았다.

이래저래 최악의 상황이었다.

중국으로 떠나기 전 근사한 생일을 맞이하게 해줄 것이라고 두 사람에게 장담했었다.

삐삐를 켜기도 두려웠다. 이미 가인이가 수십 통의 삐삐를 쳤을 것이다.

"일단 먼저 연락을 해야겠는데… 뭐라고 그러지."

핑곗거리가 떠오르지 않았다.

"이럴 때는 왜 머리가 안 돌아가는 거야."

머리를 부여잡고 이리저리 왔다 갔다만 할 뿐, 뚜렷한 변명거리가 생각나지 않았다.

"그래도 우선은 가인이의 위치를 파악하는 것이 우선이겠지."

나는 경비실에 있는 전화로 가인이에게 삐삐를 쳤다. 전화기의 번호를 누르는 것이 이렇게 힘든 일인 줄 몰랐다.

5분 정도 지나자 전화벨이 울렸다.

"후유!"

심호흡을 크게 하고는 수화기를 들었다.

"여보세요?"

─어디야?

가인이의 세 음절이 마치 서슬이 퍼런 단두대 위로 올라선 느낌을 주었다.

"어, 구로야. 어디에 있어?"

—알고 싶어?

꿀꺽!

수화기 너머로 들려오는 가인이의 말에 긴장된 나머지 나도 모르게 침을 삼켰다.

"미안하다, 가인아. 중국에서 일이 생겨서… 아니, 내가 정말 잘못했다."

순간 머릿속이 멍해지는 느낌에 내가 무슨 말을 하는지도 몰랐다.

—좋은 날이니까, 내가 참아야겠지.

그때 수화기 너머로 약간의 가능성이 보이는 말이 들려왔다.

"그렇게만 해준다면 정말이지 가인이가 원하는 모든 걸 다 해줄게. 대해와 같은 넓은 아량으로 선처를 바랍니다."

이럴 때는 바짝 엎드려야만 했다.

—하긴 그래. 여러 가지 일로 바쁜 사람한테 고작 생일이라고 생색낸다는 것도 우스워.

"무슨 소리냐? 얼마나 중요한 날인데."

—누구한테?

'아! 걸려들었다.'

역시나 말로는 결코 가인이를 상대하지 못했다. 단 몇 마디도 안 되는 말로 나를 그로기 상태로 몰아붙였다.

"물론, 나한테지."

답을 하는 내 목소리에 힘이 전혀 들어가지 않았다.

ㅡ일을 열심히 하는 것은 보기 좋아. 하지만 가장 중요한 것이 무엇인지 알았으면 해. 지금까지 식사도 못 하면서 연락도 되지 않은 사람을 애타게 기다린 심정이 어떨 것 같아?

"정말 미안하다는 말밖에는 할 말이 없다."

처지를 바꿔 생각해 봐도 내가 실수한 것이 많았다.

ㅡ이런 기분은 한 번이면 충분하니까, 두 번은 없는 줄 알아. 정말 배고파서 죽을 것 같으니까 빨리 홍대로 와. 예인이도 배고파서 힘들어하니까.

"예, 알겠습니다! 총알처럼 달려가겠습니다."

가인이의 말에 나도 모르게 큰소리로 외쳤다.

그 모습을 보던 경비아저씨의 입가에 웃음이 걸리는 것이 보였지만 그게 문제가 아니었다.

나는 전화를 끊자마자 자동차를 몰고서 부리나케 홍대로 달렸다.

홍대는 중국으로 출국하기 전에 두 사람과 생일 식사를 하기로 약속했던 장소였다.

학교 친구가 맛집이라고 알려준 연남동의 중국집에서 가인이, 예인이와 함께 식사하기로 했다.

다행히 도로에 차가 별로 없어 평소보다 일찍 도착할 수 있었다.

부리나케 차에서 내려 예약된 방으로 들어갔다.

"미안, 미안. 정말 미안하다."

방안에 들어서자마자 미안하다는 말을 쏟아냈다.

"오빠! 얼마나 걱정했는지 알아? 정말 어떻게 된 줄 알았다고."

예인이가 나를 보자마자 말을 던졌다.

"내가 할 말이 없다. 입국하자마자 삐삐를 켠다는 걸 깜빡 잊어버렸어."

"삐삐만 잊어버린 게 아니었잖아?"

아니나 다를까 가인이는 매서운 눈초리로 날 바라보며 말했다.

"그래. 생일도 잊고 있었어. 후! 요새 내가 뭐 하는지 모르겠다."

이럴 때는 변명보다는 솔직히 인정하는 게 좋았다.

"오빠가 너무 일을 많이 하는 것 같아. 좀 쉬어가면서 해야지 그러다가는 몸이 버티지 못해."

예인이가 나를 애처롭게 바라보며 말했다.

"지금도 이런데 앞으로는 어떨까? 예인이의 말처럼 너무 앞만 보고 달려가는 것 같아. 난 옆에서 같이 기념일을 챙기고 멋진 장소에서 데이트를 했으면 좋겠는데, 요새 오빠는 언제나 바쁘기만 하네."

가인이와 예인이의 말이 틀리지 않았다. 요즘 들어 여유라는 말이 사치로 들릴 정도로 정신없이 일을 쫓아다녔다.

더구나 여름방학이 되자마자 더 회사 일에 매달렸다.

가인이는 여름방학을 나와 좀 더 많은 시간을 보낼 수 있는 기회로 받아들였지만 나는 이 시간을 밀어두었던 업무를 처리하는 시간으로 생각했다.

"후! 틀린 말이 하나도 없다. 가인이의 말처럼 '내가 지금 뭘 하고 있지' 하는 생각이 들 때가 있으니까."

만으로 스무 살의 나이에 맞지 않는 사업을 벌이고 있는 것이 문제였다. 더구나 이제는 내가 책임져야 할 직원들이 천여 명이 넘었다.

남들보다 서너 발자국을 앞서가는 것이 아니라 수백수천 발자국을 앞서가고 있었다.

문제는 그 때문에 소소한 일상의 즐거움과 기쁨을 포기할 수밖에 없었다는 것.

"밥은 먹고 다니는 거야?"

가인이가 내 말에 걱정스러운 눈빛으로 물었다.

"그러고 보니 점심도 먹지 못했네."

말하기가 무섭게 배 속에서 요란한 소리가 들려왔다.

꼬르륵! 꼬르륵!

중국 합작에 따른 서류 검토와 연속된 블루오션과 명성전자 직원들과의 회의 때문에 점심을 먹는다는 것도 잊어버렸다.

"내 생일은 잊어도 되니까, 밥 먹는 건 잊지 말고 다녀. 그러다가 아프면 나도 힘들어지니까."

가인이의 말이 가슴에 날아와 콕 박혔다.

'아! 그래도 가인이밖에 없구나.'

"그래. 앞으로 꼭 그렇게. 식사는 시켰어?"

"이 집에서 가장 비싼 요리들로만 시켜놨어. 오늘은 오빠가 다 책임져야 해."

내 말에 예인이가 대답했다.

"당연하지. 오늘뿐만 아니라 앞으로도 제가 쭉 책임지겠습니다."

내 말이 끝나자마자 주문했던 요리들이 하나씩 나오기 시작했다.

맛있는 냄새가 풍겨오자 배 속에서 더 요란스런 소리가

들렸다.

꼬르륵! 끄르르륵!

"빨리 먹어. 이제는 오케스트라의 협연처럼 들려온다."

가인이의 말에 동파육이 담긴 접시가 놓이자마자 본능적으로 동파육을 입안으로 밀어 넣었다.

입안으로 들어온 동파육은 정말 꿀맛이었다. 몇 번 씹지도 않았는데도 흔적도 없이 사라져 버렸다.

"와! 정말 맛있다."

"배가 많이 고팠으니까 더 맛있는 거야."

가인이의 말처럼 무척이나 배가 고팠다. 그때 머릿속에 생일 케이크가 생각났다.

"이런, 내 정신 좀 봐. 생일 케이크를 사온다는 걸 깜박했네. 잠시만 기다려. 금방 사올게."

나는 부랴부랴 의자에서 일어나려고 했다.

"안 나가서도 돼. 그럴 줄 알고 우리가 이미 준비했으니까."

가인이는 말을 끝내고는 의자 밑에서 생일 케이크를 올려놓았다.

"이래저래 미안하기만 하네."

머리를 끄덕이며 말하는 나에게 예인이가 초와 성냥을 건네주었다.

"자! 나머지 세팅은 오빠가 해야지."

예인이에게서 건네받은 스무 개의 초를 생일 케이크 위에 조심스럽게 꽂았다.

그리고 방 안에 있는 전등 스위치를 껐다.

스무 개의 초에 불을 붙이자 어두워진 방 안을 촛불이 환하게 비춰주었다.

"생일 축하합니다. 생일 축하합니다. 사랑하는 가인이와 예인이의 생일을⋯⋯."

혼자서 부르는 두 사람의 생일축하 노래였지만 가인이와 예인이는 무척이나 좋아하는 모습이었다.

생일 축하 노래가 끝나자 두 사람은 동시에 생일 케이크에 올려진 촛불을 껐다.

촛불이 꺼지자마자 재빨리 가방에서 가인이와 예인이의 생일 선물을 꺼냈다. 다른 것은 실수했지만, 생일 선물은 잊지 않았다.

예쁘게 포장된 선물 상자를 두 사람에게 내밀었다.

"풀어봐."

중국으로 떠나기 전에 미리 주문해 두었었다.

가인이와 예인이는 내가 내민 선물 상자를 조심스럽게 풀었다.

"와! 너무 예쁘다."

"허! 이런 건 목걸이는 처음 봐."

동시에 가인이와 예인이는 탄성을 질렀다.

두 사람에게 건넨 선물은 두 사람의 영문 이니셜로 만든 목걸이였다. 백금으로 만든 알파벳 이니셜 위로는 사파이어와 루비 그리고 다이아몬드로 아름답게 장식되었다.

목걸이의 디자인은 전부 내가 했고 종로에서 가장 솜씨가 좋은 귀금속 공장의 장인에게 의뢰했다.

가인이는 붉은 루비와 다이아몬드로, 예인이는 파란 사파이어와 다이아몬드를 이용했다.

두 사람에게서 풍기는 느낌에 맞는 보석을 사용한 것이다.

적지 않은 비용이 들어갔지만 이 세상에서 하나밖에 없는 목걸이를 만들어주고 싶었다.

'정말이지 이렇게 살고 싶다. 더도 말고 이렇게만……'

행복해하는 가인이와 예인이를 바라보고 있자 나도 모르게 절로 입가에 미소가 지어졌다.

사랑하는 사람들과 함께하는 이 시간이 행복이었다.

"자! 목에 걸어줘."

가인이는 목걸이를 내게 내밀었다.

"그래야지."

나는 자리에서 일어나 가인이의 뒤쪽으로 갔다.

희고 가는 가인이의 목에 목걸이를 걸어주었다. 붉은빛과 투명한 다이아몬드의 빛이 절묘하게 잘 어울렸다.

"정말 예쁘다."

가인이의 목걸이를 바라보던 예인이의 말이었다. 말을 마친 예인이는 직접 자신이 목걸이를 목에 걸려고 했다.

"기다려, 오빠가 해줄게."

"내가 해도 되는데."

"처음은 내가 해주어야지."

나는 예인이의 손에서 목걸이를 받아 들었다.

조심스럽게 예인이의 목에 목걸이를 걸어주려고 손을 앞으로 뻗을 때였다.

'왜 그러지. 어디 아픈가?'

예인이가 가늘게 몸을 떠는 것이 느껴졌다.

내 손이 예인이의 목덜미에 닿자 그 떨림이 더 심해졌다.

"어디 아프니?"

내 말에 예인이는 말없이 고개만 좌우로 저었다.

목걸이를 다 채웠을 때, 예인이의 손이 내 손을 살짝 잡았다. 순간 그 느낌이 묘했다.

"고마워, 오빠."

예인이의 목소리는 약간 울먹거리는 듯했다.

"우는 거냐?"

순간 당황스러워서 예인이게 물었다.

"아니, 너무 기뻐서. 잠깐만 화장실에 좀 갔다 올게."

예인이는 그대로 일어나 방을 나갔다. 예인이의 반응이 조금은 이상했다.

"예인이가 어디 아픈 것 아니야?"

나는 가인이에게 물었다.

"아니 괜찮아. 화장실에 가서 목걸이를 보려고 하나 보지. 어때, 잘 어울려?"

가인이는 대수롭지 않게 말했지만, 얼굴 표정이 뭔가를 알고 있는 듯 미묘했다.

하지만 더는 예인이에 관해 묻지 않았다.

"정말 잘 어울린다!"

가인이의 말에 나는 방금 예인이가 보였던 행동을 머릿속에서 지웠다.

*　　　*　　　*

예인이는 한동안 거울을 바라봤다.

목에 걸려 있는 목걸이에 전등 불빛이 반사되어 사파이어의 파란 빛깔과 다이아몬드의 투명한 빛깔이 서로 엇갈리고 있었다.

누가 보더라도 아름답고 멋진 목걸이였다.

하지만 그걸 바라보고 있는 거울 속 자신이 왠지 서글퍼 보였다.

"바보, 좋은 날에 왜 울고 그래."

애써 감춰왔던 감정을 참아보려고 노력했지만 마음먹은 대로 쉽지 않았다.

시간이 해결해 줄 것 같았는데 오히려 시간이 지날수록 마음속에 자리 잡은 감정이 더 커져만 갔다.

"예인아, 왜 그렇게 떨렸니. 넌 잘할 수 있잖아."

거울 속 자신에게 말을 거는 예인이는 흔들렸던 마음을 추스르려고 애를 썼다.

억지로 거울을 보며 웃어 보인 예인이는 화장실을 천천히 걸어 나왔다.

"예인이도 배가 많이 고프잖아, 빨리 먹자."

예인이가 방 안으로 들어서자 나는 새로 나온 깐쇼새우를 작은 접시에 담아 앞에다 놓아주었다.

"와! 맛있겠다. 정말 배가 많이 고팠다고."

예인이는 접시에 놓인 새우를 집어 들며 말했다.

"많이 먹어. 정말 맛있더라."

나의 말에 예인이는 조금 전과 달리 환한 웃음을 보이며 식사했다.

　그런 예인이를 보는 가인이의 표정이 조금은 어두워 보였다.

　"오늘 생일 말고 무슨 날이야? 두 사람이 돌아가면서 표정이 좋지 않아 보여. 내가 늦은 걸 마음에 너무 담아두는 것은 아니지?"

　내 물음에 가인이는 손을 내저으며 말했다.

　"아, 아니야. 오늘 같은 날 아빠가 함께 있었으면 좋겠다는 생각 때문에……."

　"그래, 맞아. 송 관장님이 계셨으면 더 좋았을 텐데. 앞으로 내가 더 잘할게. 송 관장님 오실 때까지 말이야."

　"꼭 아빠가 올 때까지만 잘하겠다는 소리로 들린다."

　가인이가 내 말에 다시금 환한 모습을 보이며 말했다.

　"그러게 말이야. 아빠가 오시면 못하겠다는 말은 아니지?"

　예인이가 옆에서 가인이를 거들었다.

　"당연하지. 내 말뜻이 그렇게 들린 거야?"

　"농담이야. 남자가 좀 센스가 있어야지. 어떨 때 보면 오빠는 좀 어리숙하게 보일 때가 있어."

　'바로 오늘 같은 날 말이야……. 예인이가 힘들어하는 건 나도 싫단 말이야… 시간이 해결해 줄까? 아니면…….'

좋은 날임에도 불구하고 가인이의 마음은 편치 않았다.

"왜 이래, 센스 하면 나야. 사업도 감각이 있어야 할 수 있는 거라고."

나는 가인이의 말에 바로 반박했다.

"그런 센스 말고. 아니다, 말해 봤자 내 입만 아프지."

"뭐야? 말을 하려면 끝까지 하든가."

"언니의 말은 가끔 그런 모습을 보인다는 말일 거야. 사실 남자들은 사소한 감정의 변화를 잘 알아채지 못하는 면이 있잖아."

예인이의 말에 두 사람을 자세히 살폈다.

'머리 스타일이 바뀌었나? 그런 것 같기도 하고 아닌 것 같기도 한데.'

"우리 얼굴을 왜 이리 유심히 쳐다보는데?"

가인이가 커다란 눈을 깜빡이며 말했다.

"아니, 예인이가 말한 사소한 변화를 찾아보려고. 혹시 머리 손질했어?"

"그래서 내가 말해봤자 입만 아프다고 한 거야. 그건 됐고, 이 목걸이에 박힌 보석들은 진짜야? 가짜치고는 보석 색이 너무 영롱해서 말이야."

가인이가 목걸이를 앞으로 내밀며 이야기의 주제를 바꿨다.

목걸이에 박힌 보석은 모두 러시아에서 발견한 보석이었다. 상당히 품질이 좋은 보석들이라 목걸이를 제작했던 장인도 탐을 내었었다.

"내가 이야기해 주지 않았구나. 목걸이의 영문 이니셜과 체인은 백금으로 만들었고, 가인이의 목걸이에 장식된 보석은 루비, 예인이는 사파이어야. 물론 다이아몬드도 최상급 진품이지."

내 말에 가인이와 예인이는 놀라는 모습이었다. 목걸이에 달린 보석의 크기도 전혀 작지 않았다.

"아무리 돈을 잘 번다고 해도 너무 과한 선물을 준 거 아냐?"

가인이가 다시금 목걸이와 나를 번갈아 바라보며 말했다.

"그래, 오빠. 이건 내가 생각해도 너무 무리한 것 같아."

예인이도 목걸이를 다시 보며 말했다.

"절대 무리한 선물은 아니야. 두 사람이 생각하는 것보다 오빠가 훨씬 돈을 잘 버니까, 절대 부담 갖지 마. 그리고 목걸이의 디자인도 내가 한 거야. 이 세상에 하나씩밖에 없는 목걸이니까, 절대 잃어버리면 안 돼."

내 말에 가인이와 예인이는 나를 다시 보는 눈빛이었다. 사실 목걸이 디자인을 할 때는 닉스 디자인센터 직원들의 도움을 받긴 했다.

"그 정도로 정성을 쏟았는지 몰랐네. 이런 아름다운 목걸이도 디자인할 줄 알고……. 다시 봐야겠어."

"오빠가 못하는 게 어디 있냐? 정말 어디 가서 이런 사람 찾기 힘들다."

"정말 고마워 오빠. 절대 잃어버리지 않고 소중히 간직할게."

예인이는 정말 감동한 모습이었다.

"이런 좋은 날에 술이 빠졌네. 오늘은 2차까지 가는 거야!"

"OK!"

"좋아."

나의 말에 가인이와 예인이는 밝게 웃으면서 말했다.

식사를 마치고는 홍대 근처에 있는 락카페로 향했다.

락카페에 들어서자마자 확연히 눈에 띄는 가인이와 예인이에게 치근덕거리는 남자들을 커버하느라 힘이 좀 들었지만 오랜만에 두 사람과 즐겁게 하루를 보낼 수 있었다.

*　　　*　　　*

아침에 일어나자마자 나는 곧장 명성전자로 향했다.

하루 정도는 쉬어줘야 했지만 블루오션상하이의 인력수급 문제를 마무리 짓기 위해서는 어쩔 수 없었다.

한국에서 파견될 기술직 직원과 관리자를 정해야만 했다.

"초기에는 현지 직원들이 일에 익숙하지 않아서 생산 능력도 떨어지고 불량률도 높게 나올 것입니다. 그 모든 걸 감안해 보면 최소 50여 명은 되어야 월 2~3만 대의 생산을 책임질 수 있을 것입니다."

명성전자의 이철용 이사의 말이었다.

"그러면 50명 중에 적어도 한국 직원은 열 명 정도는 되어야 하지 않겠습니까?"

처음부터 중국 직원들을 대규모로 고용할 생각은 없었다. 성실하고 손재주가 좋은 사람 위주로 선발하여 그들을 통해서 후발주자들을 가르칠 계획을 세웠다.

초기에는 전화기의 외형만 빼고는 내부 부품 대부분을 한국에서 조달해서 조립해야만 한다.

"예, 품질 관리와 공정 관리는 한국 직원들이 맡아야 제품의 품질을 그나마 유지할 수 있을 것입니다."

블루오션 제품의 생산책임자인 윤종석 차장의 말이었다. 그는 현재 명성전자 제2공장을 책임지고 있었다.

"명성전자의 직원 중에서 블루오션상하이에 지원한 직원은 몇 명이나 됩니까?"

우선 명선전자 직원들 중에서 상하이에 파견할 지원자를 모집했다.

중국 현지에서 생활하는 조건으로 숙식은 물론 특별보너스 형태로 200%의 보너스를 더 지급하고, 근무 2년째는 본인 의사에 따라서 한국에서 다시 근무할 수 있게 했다. 거기에 진급을 위한 근무평점에도 가산점을 주었다.

명절 때나 집안일로 인해서 한국을 방문할 수 있게끔 왕복 비행기 표를 한 해에 두 번 제공하는 조건도 두었다.

또한 현지 생활을 위해 중국어를 배울 기회도 주어졌다. 본인의 미래를 위해서 중국어를 배워둔다면 상당한 메리트와 경쟁력을 갖추는 일이었다.

"현재 여섯 명이 지원했습니다. 나머지 인원은 직원모집 공고를 내어 추가로 선발할 생각입니다."

윤종석 차장이 인원 선발을 책임지고 있었다.

"책임자급은 누가 가기로 했습니까?"

"우선은 박경수 과장과 김문식 대리가 파견될 것입니다."

두 사람은 품질부서와 생산부서의 속해 있었다.

"두 사람과 다른 직원들이 빠져도 국내 생산에는 차질이 생기지 않아야 합니다."

"예, 빠져나가는 직원만큼 직원들을 뽑을 예정입니다. 국내 생산에는 차질이 없을 것입니다."

윤종석 차장은 자신 있게 말했다. 올해 초에 들어온 그는 생각했던 것보다 관리 능력이 뛰어났다.

"좋습니다. 레드아이를 다운그레이드했을 때에 제조단가는 얼마나 낮춰집니까?"

중국에서 머물 때 다운그레이드에 대한 조사 지시를 내렸었다.

"대략 15% 정도입니다."

블루오션 연구개발부의 권오철 과장이었다.

현재 레드아이 말고도 단순하면서 색감이 뛰어난 중국 전용 전화기를 개발하고 있었다.

"음, 생각보다 그리 큰 편은 아니네요."

"예, 회로를 크게 수정하지 않는 이상 한계가 있습니다. 하지만 지금 개발 중인 블루아이는 레드아이보다 50% 정도 저렴합니다. 이번 달 내로 개발을 끝낼 수 있습니다."

"제조단가만 해결되어서는 안 됩니다. 품질을 최우선으로 해주셔야 합니다."

제품의 품질에 이상이 발생할 수 있는 원가 절감은 원치 않았다. 블루오션이나 명성전자에 있어서 최우선은 품질이었다.

"예, 품질에 이상이 없도록 하겠습니다."

"그러서야 합니다. 신제품의 디자인부터 기구설계, 회로설계를 거쳐 금형설계에 이르기까지 통상 4~5개월이 소요됩니다. 이 시간을 하루라도 줄일 수 있으면 분명 다른 회사보다 경쟁력이 생기고 회사에도 이익입니다. 그러나 우리 회사의 제품은 처음부터 끝까지 완벽해야 합니다."

제품개발의 시간을 줄일 수 있다면 그것 또한 경쟁력이었다. 하지만 그로 인해 제품의 질이 떨어지면 안 된다.

80~90년대의 한국제품들의 문제는 끝마무리였다. 보이지 않는 곳에는 그리 신경을 쓰지 않았고 그로 인해서 상당한 손해를 보았다.

나의 말에 회의에 참석한 인물들은 고개를 끄떡였다.

블루오션의 재즈시리즈가 시장에서 선풍적인 인기를 얻은 비결 중 하나가 잔고장이 없다는 점이었다.

Chapter 8

　회의를 마치고 대표실로 들어섰을 때 외무부에서 전화가
걸려왔다.

　"대표님, 외무부라고 하는데요?"

　'외무부에서 왜 나에게 전화를 걸었지?'

　"예, 돌려주세요."

　나는 수화기를 바꿔 잡으며 잠시 생각에 잠겼다.

　"여보세요?"

　─안녕하십니까? 외무부의 박동훈 외무차관입니다.

　"아, 예. 어쩐 일로 전화를 주셨습니까?"

―강태수 대표님의 도움을 받고 싶어 전화했습니다. 제가 한번 찾아뵙고 싶은데, 시간이 괜찮으신지요?

　"무슨 도움을 말씀하는지 말해주실 수 있습니까?"

　―러시아 쪽에 문제가 좀 생겼습니다. 구체적인 이야기는 만나 뵙고 말씀드리고 싶습니다. 강 대표님께서 러시아 정계에 아는 분이 많다는 이야기를 홍수용 대사에게서 들었습니다.

　홍수용은 주러시아 대사였다.

　'무슨 일인데 그러지?'

　"제가 회사 일이 바빠서 시간이 별로 없습니다."

　회사일 외에 외적인 일로 시간을 뺏기거나 신경을 쓰고 싶지 않았다.

　―바쁘신 것은 잘 알고 있습니다. 저희를 도와주시면 저희가 대표님을 도울 일이 있을 때 적극적으로 돕겠습니다.

　차관급 인사가 이렇게나 직접 전화를 걸어와 적극적으로 나온다는 것은 문제가 작지 않다는 뜻이었다.

　'러시아에 벌이고 있는 사업도 있고… 현지 대사관의 도움도 필요할 때가 있으니.'

　"알겠습니다. 그러면 명동에 있는 롯데호텔 커피숍에서 4시에 뵙도록 하지요."

명동으로 약속 장소를 잡은 것은 약속을 끝내고 도시락의 업무를 보기 위해서였다.

—고맙습니다. 그럼 거기서 뵙겠습니다.

전화를 끊고서 나는 곧바로 명동으로 나갈 준비를 했다.

4시에 정확하게 약속 장소에 도착했다.

종업원의 안내로 나는 오른편 창가 쪽에 앉아 있는 박동훈 외무차관을 찾을 수 있었다.

50대 초반으로 보이는 박동훈 차관은 청색 양복을 단정하게 입고 있었다.

"안녕하십니까? 통화를 했던 강태수입니다."

"하하! 젊은 분이시라고는 들었는데, 이렇게나 젊은 분일지는 몰랐습니다. 박동훈 차관입니다."

누구나 그런 것처럼 박동훈 또한 놀란 눈을 하며 악수를 청했다.

항상 듣는 소리라 이젠 이런 반응은 놀랄 일도 아니었다.

"뵙자고 한 이유를 여쭤 봐도 되겠습니까?"

"바쁘시다고 하시니까 바로 본론을 말씀드리겠습니다. 러시아의 보리스 옐친 대통령의 한국 방문을 성사시킬 수 있게 도와주십시오."

박동훈의 입에서 전혀 생각지도 못한 말이 튀어나왔
다.

보리스 옐친 대통령은 한 차례 방문을 연기한 후 92년
11월 18일에 한국을 방문하여 2박 3일간 머물렀다.

이 날짜를 정확히 알고 있는 것은 그날 내가 소개받기로
한 여성에게서 바람을 받은 날이었기 때문이다.

이번에도 역사에서처럼 방문이 연기된 듯싶었다.

"저는 사업가지 그럴만한 힘이 없습니다. 외무부에 계시
는 분도 성사시키지 못하는 일을 제가 할 수 있다고 생각하
셨다면 그건 큰 오산이십니다."

국가기관과 연관된 일은 국가안전기획부 하나로 충분했
다.

더는 그런 일로 시간을 빼앗기거나 러시아에 있는 지인
들에게 도움을 받기 싫었다.

"강 대표님께서 러시아에서 크게 사업을 하고 계신다는
것을 알고 있습니다. 이번 옐친 대통령의 방한이 이루어져
야만 급변하는 동북아 질서에서 있어 한국의 역할을 증대
시킬 수 있습니다. 더구나 북한의 움직임이 심상치 않은 상
황에서 미국에만 의존하고 있는 대북정보력에서도 러시아
의 도움을 받을 수 있는 중요한 일입니다."

북한은 현재 핵물질과 장거리미사일 설계도면 입수작전의 실패에도 멈추지 않고 계속해서 그 일을 추진하고 있었다.

일본은 북한의 이러한 불순한 움직임을 빌미로 대북정보망과 해군력의 확대를 꾀하려는 움직임을 보였다.

"중요하다는 것은 잘 알겠습니다. 하지만 저는 방금 전에도 말씀드린 것처럼 일개 사업가일 뿐입니다. 제가 어떻게 한 나라의 국가 원수 방한과 관련된 일을 성사시킬 수 있겠습니까?"

"도시락 현지 공장 착공식에 옐친 대통령이 방문했다는 소식을 홍수용 대사에게서 들었습니다. 저희를 한 번만 도와주십시오. 러시아 측과 이야기가 잘되어 가다가 구소련의 경협차관 승계에 관한 문제로 견해 차가 난 후에는 옐친 대통령의 방한 문제에 관한 이야기는 러시아 쪽에서 아예 꺼내지도 않으려고 합니다."

올해 중국과의 수교로 북방외교의 정점을 찍은 현 정부는 구소련에 빌려주었던 경협차관에 발목을 잡히고 있었다.

1991년 구소련과의 경제협력을 증진하기 위해서 한국과 소련 정부 간의 협정을 맺어 한국 정부가 구소련에 경협차관 30억 달러를 제공하기로 했다.

이에 따라 정부는 1991년 5월부터 산업은행이 주관한 현금 차관 10억 달러와 수출입은행 소비재 차관 4억 7,000만 달러 등 총 14억 7,000만 달러를 제공했으나, 1991년 말 소비에트연방의 해체로 잔여분에 대해 지급을 중단한 상태다.

러시아는 현재 어려운 경제사정을 타개하기 위해서 아직 받지 못한 소비재 차관 15억 3,000만 달러의 재개를 요청했다.

하지만 한국 정부는 구소련에게 집행된 14억 7,000만 달러 채무에 대한 보증을 책임진다는 법률적인 문서와 함께 연체된 이자 4천 9백 41만 달러를 요구했다.

"거듭 말씀드리지만 저는 그럴만한 힘이 없습니다."

무슨 말인지 이해가 되었지만 내가 나설 문제는 아니었다.

"도와주신다면 올해 다시 재개하려고 하는 91년도분 소비재 차관 3억 3천만 달러 중에서 3천만 달러를 강태수 대표님이 운영하시는 도시락회사로 돌리겠습니다."

한국 정부는 그동안 중지되었던 소비재 차관을 옐친 대통령의 방문에 발맞추어 재개하려고 했다.

하지만 문제가 있었다.

앞서 지급된 차관에 대한 이자와 보증 문제도 있었지

만, 이후의 지급에 대해서 양국 간 견해 차가 있었던 것이다.

한국 정부는 중단된 소비재 차관 1차분 8억 달러 중 91년도에 미이행된 3억 3천만 달러만을 이행할 생각이었고, 러시아는 15억 3천만 달러를 모두를 해마다 집행해 달라는 요청을 한 상태다.

'3천만 달러라……'

적은 돈이 아니었다. 더구나 한국 정부에서 보증하는 소비재 차관이라 발행된 수출신용장(L/C)이 있다면 시중 은행 어디에서나 수출 대금을 받을 수 있었다.

수입업자의 신용을 보증하기 위해 은행이 발행하는 수입신용장을 수출업자가 받을 경우 수출신용장이라고 한다.

"그렇다고 해도 제가 나설 수 있는 일이 아닙니다."

"3천만 달러는 결코 적은 금액이 아닙니다. 더구나 곧바로 현금화시킬 수 있습니다."

"물론 큰 혜택이지만 도시락에서 생산되는 라면은 대다수가 러시아로 수출되고, 현지에 도착하는 대로 팔려 나가고 있습니다. 굳이 소비재 차관에 참여하지 않아도 괜찮습니다."

이로 인해서 발목을 잡히고 쉽지 않았다.

한 번의 요구가 이루어지면 앞으로 이러한 일로 정부는 나를 계속해서 이용할 수 있었다.

"기업이 이윤을 쫓아서 움직이는 것은 당연한 일입니다. 하지만 나라의 국익을 위해서도 희생할 줄도 알아야 큰일을 도모할 수 있는 것입니다."

박동훈 외무차관은 어떻게든 날 설득하려고 했다.

"기업인은 회사를 잘 운용해서 고용을 창출하고, 좋은 제품을 만들어 수출하는 게 나라를 위하는 일이라고 생각합니다. 옐친 대통령이 저희 공장을 방문한 것은 군사쿠데타 이후 외국인 회사로서는 첫 번째로 러시아에다 공장을 세웠기 때문입니다."

러시아에서 발생한 군사쿠데타 이후 많은 외국 기업들이 예정되었던 투자를 보류한 채 철수를 단행했고 한국 기업들도 마찬가지였다.

그런 와중에 도시락은 계획한 대로 공장 준공식을 진행한 것이다.

"그 점은 저도 알고 있습니다. 도시락의 현지 공장 설립은 러시아와의 협상에서도 자주 오르내렸습니다. 그래서 더욱 강 대표님의 도움을 받고 싶은 것입니다."

러시아의 협상단의 대표였던 쇼린 부총리가 한국의 도시락이 러시아에서 사랑받고 있는 이유에 대해서 자세히 설명했다.

한마디로 도시락의 현지 공장 설립은 어려운 여건에서 회사의 이익보다는 러시아를 먼저 생각한 결단이었다고 칭찬한 것이다.

또한 한국이 도시락과 같은 마음 자세로 러시아를 대한다면 동북아에서 진정한 동반자로서 함께 걸어갈 것이라고 명확하게 말했다.

"반복되는 이야기이지만 제가 맡고 있는 회사는 도시락만이 아닙니다. 새롭게 시작한 사업 때문에라도 시간을 낼 수 없습니다."

내 말에 박동훈 외무차관의 표정이 어두워졌다. 내가 이렇게까지 강경하게 나올 줄 예상치 못한 것이다.

"후! 난감하네요. 어렵게 구소련과 수교를 맺은 것은 한반도의 긴장 완화와 미국에만 의존하는 외교정책을 탈피하기 위해서였습니다. 적지 않은 경협차관을 소련에 제공한 것도 이러한 큰 물줄기 때문이었습니다. 미국도 소련과의 외교성립 이후에 저희를 대하는 자세가 많이 달라졌습니다. 이런 이야기까지 강 대표님에게 할 필요는 없습니다만 국가 정상들의 방문과 만남은 대외적으로 큰 의미가 부여되고, 국가 간에 막혀 있던 큰 흐름을 뚫을 수 있는 계기를 마련해 줄 수 있습니다. 더구나 이번엔 러시아에게 사할린 상공에서 격추된 대한항공(KAL) 007기에 대한 정보를 넘겨받기로 했었습니다."

1983년 9월 1일 대한항공(KAL) 007기가 알래스카에서 출발해 한국으로 오는 도중에 원래의 항로를 이탈하여 소련 상공으로 들어갔고, 첩보기로 오인한 소련 공군의 미그21기에 격추된 사건이 있었다.

하지만 사할린 앞바다에 떨어진 비행기에 대한 정확한 자료와 증거들을 확보할 수 없었다.

방문이 성사되지 않으면 역사적인 진실을 알 수 있는 기회가 사라진다는 말이었다.

'이렇게까지 말을 할 정도면 뭔가 많이 틀어졌다는 것인데……'

"무슨 말씀인지 알겠습니다. 하지만 저에게 그 정도의 힘도 없을뿐더러 회사 일정 때문에 도저히 시간을 낼 수 없습니다."

"음, 이러시면 어떻습니까? 이번 주에 마지막 협상을 위해 코질레프 러시아 외무장관이 서울을 방문합니다. 그때 잠시만 시간을 내주십시오."

코질레프와는 모스크바에서 2번 정도 면식이 있었다.

'이것까지 거절하면 안 되겠지……'

"알겠습니다. 하지만 제가 나선다고 해도 문제가 해결되는 것은 아닙니다."

"그야 물론입니다. 정말 감사합니다."

나의 말에 박동훈 외무차관의 표정이 환하게 바뀌었다.

"한데 협상의 가장 큰 걸림돌이 무엇입니까?"

"구소련에 제공했던 경협차관 때문입니다. 소련이 해체되고 러시아연방이 들어섰지만, 우리나라와 계약했었던 조건들을 이행하지 않고 있습니다. 가장 큰 문제는 저희가 제공한 차관에 대한 이자를 전혀 지급하지 않고 있다는 점입니다. 그것이 언론에서도 좋지 않은 모습으로 비쳤고 국민들도 헛돈을 썼다는 인식이 강해졌습니다. 어떻게든 좋지 않은 국내 여론을 돌리려면 러시아의 자세가 중요한 시기인데, 그게 저희 뜻대로 되지 않고 있습니다."

지금까지 구소련에 제공된 현금 차관 10억 달러와 소비재차관 4억 7천만 달러의 총이자는 6천 5백만 달러에 이르렀다.

하지만 군사쿠데타 이후 어려운 경제 상황에 부닥쳐 있는 러시아는 현재 외화보유고가 최저로 떨어진 상황이었다.

한국에 이자를 지급하고 싶어도 러시아 중앙은행의 달러

가 부족한 상태였다.

러시아가 계속해서 이자를 지급하지 않는다면 보증을 선 정부에서 돈을 빌려준 국내 은행에 이자를 지급해야만 했다.

'그렇지! 러시아에서 현금이 아닌 알루미늄괴와 같은 현물로 이자를 받았었지… 물론 나중에는 탱크와 헬리콥터로도 받아왔지만 말이야.'

아직 양국 간에 이러한 이야기는 나오지 않은 것 같았다. 신문이나 언론보도에도 이러한 내용은 전혀 없었다.

단지 러시아가 구소련에 빌려주었던 경협차관의 승계를 미루고 이자를 지급하지 않는 것에 대해서만 문제 삼았다.

필요할 때 큰돈을 빌려가서는 떼어먹으려고 한다는 이미지를 심어주는 국내 언론의 보도에 러시아도 심기가 불편했다.

이래저래 한국과 러시아는 돌파구를 찾지 못하고 감정까지 상한 상황이었다.

박동훈 외무차관과 만남이 있고 3일 뒤, 그의 말처럼 코질레프 외무장관이 한국을 방문했다.

나는 방문 둘째 날에 그가 묵고 있는 힐튼호텔을 찾았다.

"그동안 잘 지내셨습니까?"

코질레프는 날 보자 반갑게 맞아주었다.

"예, 덕분에 잘 지내고 있습니다."

"하하하! 강태수 대표님께서 하시는 일마다 대박이 난다는 소리가 제 귀까지 들려옵니다. 중국 쪽에도 사업을 넓히신다는 말을 포타닌 국장에게 들었습니다."

포타닌 아주국장과 나와의 관계를 코질레프는 잘 알고 있었다.

"예, 기회가 주어져서 준비 중입니다."

"중국도 중요하시겠지만 러시아에도 신경을 많이 써주십시오. 요즘 들어 시장경제가 자리를 잡으려고 그러는지 힘든 부분이 많습니다."

코질레프의 말처럼 러시아는 지금 물가가 요동치는 바람에 루블화까지 흔들리고 있었다.

"러시아 현지 회사별로 지속적인 투자가 이루어지고 있습니다. 러시아도 이제 곧 안정을 찾을 것입니다."

"감사한 말씀입니다. 강 대표님과 같은 분이 한국에 더 많아졌으면 좋겠습니다. 다른 사람들은 강 대표님 같지 않고 다들 자기의 욕심만 채우려고 하는 것 같아서 말입니다."

"장관님께서 생각하시는 것보다 러시아를 좋아하고 진심

으로 대하는 한국 사람이 많습니다. 한국에서의 일은 잘 진행하셨습니까?"

나는 코질레프를 방문한 목적에 대한 질문을 던졌다. 그가 한국을 방문한 목적은 언론을 통해서 잘 알려졌다.

이미 두 차례나 가졌던 협상이 잘 진행되지 않았다는 소리를 박동훈 외무차관에게서 전해 들었다.

"말씀처럼만 되었다면 제 일도 수월하게 진행되었을 것입니다. 그런데 한국 쪽이 저희 사정을 잘 모르고서 너무 현실적인 부분만 이야기하니 답답합니다."

자존심이 강한 러시아가 자신들의 내부 사정을 적나라하게 말할 수는 없었다. 또한 한국도 빌려준 경협차관에 대한 이자 요구는 당연하였다.

문제는 그걸 어떻게 포장하고 달리 말을 전달하는가였다.

서로가 목적만을 위하거나 자존심을 건드리게 되면 협상은 쉽게 타결되지 않는다.

"제가 한국과의 협상을 위해 한 가지 제안을 드려도 되겠습니까?"

내 말에 코질레프의 눈이 커지는 것이 보였다.

"말씀해 보십시오."

"외화가 부족하다면 다른 것으로 대체해서 주면 어떻겠

습니까? 러시아가 풍부하게 가지고 있는 것으로 말입니다."

　나의 말에 코질레프의 입가에 환한 미소가 피어나고 있었다.

Chapter 9

　러시아가 현금이 아닌 현물로 한국에서 빌린 경협차관의 이자를 제공한다면 역사대로 알루미늄괴가 가장 현실적이었다.

　러시아 정부에서 관리하는 보크사이트 광산에서 나오는 풍부한 보크사이트 광석은 현재 세레브로 제련공장에서 알루미늄괴로 재탄생하고 있었다.

　만약 역사대로 알루미늄괴로 이자가 지급된다면 세레브로 제련공장은 상당한 이익을 얻게 된다.

　"한국 측에서 받아들일 것 같습니까?"

코질레프가 나에게 의견을 물었다.

"제 생각으로는 바로 승낙하지는 않을 것입니다. 하지만 협상을 오래 끌면 끌수록 양국 모두가 손해가 발생합니다. 말씀드린 대로 차관이자 모두를 현물로만 주겠다고 하면 한국에서도 반발이 심할 것이니, 어느 정도의 현금과 함께 현물을 지급하는 것이 좋을 것입니다."

"음, 무슨 말씀인지 알겠습니다. 하하하! 정말 강 대표님께 큰 신세를 입었습니다."

코질레프는 내 말에 호탕한 웃음소리와 함께 흡족한 표정으로 말했다.

"아닙니다. 저는 양국이 미래를 위해 함께 걸어갈 수 있는 친밀한 친구 같은 존재가 되었으면 하는 마음에서 말씀드린 것입니다. 그리고 옐친 대통령께서 한국을 꼭 방문해 주셨으면 좋겠습니다."

"정말이지 옐친 대통령께서 왜 강 대표님을 진정한 러시아의 친구라고 말씀했는지 오늘에서야 확실히 이해가 되었습니다. 제가 필요로 할 일이 있으면 언제든지 말씀하십시오, 강 대표님을 적극적으로 도와드리겠습니다."

코질레프의 눈에는 나에 대한 신뢰가 가득했다.

"말씀만 들어도 든든합니다. 바쁜 시간을 내주셔서 감사했습니다."

"하하하! 제가 할 소리입니다. 오늘 강 대표님이 아니었다면 저는 러시아에 빈손으로 돌아갔을 것입니다."

코질레프는 호텔 방에서 나와 엘리베이터까지 나를 배웅했다. 그는 러시아로 돌아가기 전에 나와 저녁 식사를 하고 싶다는 말을 전하고서 뒤돌아섰다.

힐튼호텔을 나선 나는 코질레프 러시아 외무장관과의 대화를 정리한 후에 박동훈 외무차관에게 전화를 걸었다.

코질레프와의 만남을 알고 있던 그는 곧장 롯데호텔로 달려왔다.

바쁜 일정의 러시아의 외무장관을 사전 약속도 없이 만날 수 있는 내 능력에 박동훈 외무차관은 매우 놀라는 모습이었다.

박동훈은 자리에 앉자마자 나에게 질문을 던졌다.

"코질레프 외무장관과 이야기는 잘 나누셨습니까?"

"예, 이야기는 잘 나누었습니다. 그런데 박 차관님이 말씀하신 대로 코질레프 외무장관을 비롯하여 러시아 측 사람들의 분위기가 별로 좋지 않았습니다."

옐친 대통령의 방문협의와 함께 진행된 경협차관에 관해서 러시아는 이전에 볼 수 없을 정도로 강경한 태도를 보였다.

협상장의 분위기는 냉랭했고 생각했던 것보다 일찍 협상이 끝나고 말았다.

"후! 그렇지 않아도 두 차례 열린 협상에서도 전혀 진전 없이 끝났습니다. 협상장 분위기도 좋지 않았습니다."

한숨을 내쉬며 말하는 박동훈의 표정이 밝지 않았다.

"그랬었군요. 제가 이야기를 나누던 중에 코질레프 외무장관에게 협상을 잘 풀어갈 수 있는 한 가지 제안을 했습니다. 한데 그 제안이 한국 측에서 상당 부분 양보를 해주셔야만 가능한 일입니다."

"무슨 제안을 하셨습니까? 가능성이 있는 일이라면 충분히 검토해 볼 수 있습니다."

박동훈은 내 말에 큰 관심을 드러냈다.

"제가 알고 있기로는 러시아에는 지금 여러 좋지 않은 상황 때문에 외화가 많이 부족합니다. 한국에서 빌린 차관에 대한 이자를 갚고 싶어도 외화 부족으로 인해 지급하기 힘든 상황입니다. 거기에다가 러시아 내부의 경제 사정과 식량 사정도 좋지 않아서 외부에서 식량을 수입해야 하는 상황에 놓여 있습니다. 지금 가장 시급한 문제는 식량 수급인데, 한국에서 빌린 차관의 이자를 지급하면 식량을 수입하기가 곤란한 상태입니다. 그래서 러시아중앙은행이 가지고 있는 외화를 섣불리 쓰기가 힘든 것이지요."

"음, 러시아의 사정이 좋지 않다는 것은 알았지만, 그 정도인지는 몰랐습니다."

"러시아인들은 대국이라는 자부심과 자존심이 강해서 외부에 자신들의 어려움을 공개적으로 드러내길 꺼려합니다. 더구나 구소련에 전달된 10억 달러의 현금차관 중 러시아 공화국이 전달받은 것은 6억 1천만 달러뿐이라고 들었습니다. 이런 상황에서 모든 것을 러시아의 책임으로 돌리면 자칫 상환 거부라는 최악의 수단을 들고 나올 수도 있습니다. 그래서 제가 경협차관의 이자를 현금이 아닌 현물로 지급하는 방법을 모색하자는 말을 전했습니다."

러시아가 구소련의 채무승계를 꺼리는 이유 중에 하나가 책임소재가 불분명해진 3억 9천만 달러 때문이었다.

구소련은 한국에서 받은 현금차관 10억 달러를 각 연방 공화국에 배분했었다.

한국도 소비에트연방이 붕괴하여 여러 나라로 독립하리라고는 예상치 못했다.

"현금이 아닌 현물로 말입니까?"

박동훈 차관은 동그라진 눈을 한 채 되물었다.

"예, 러시아는 큰 나라답게 지하자원이 풍부합니다. 한국 정부도 빌린 돈의 이자를 은행에 지급해야 하지 않습니까? 지금처럼 진전 없는 협상보다는 실질적인 방법을 찾아서 양국의 관계가 악화하는 것을 막는 것이 중요하다고 생각됩니다."

"지하자원이라. 구체적으로 러시아에서 어떤 것을 현물로 받을 수 있습니까?"

"한 예로 러시아에서 생산되는 알루미늄괴는 국제시장에서도 좋은 평가를 받는 제품입니다. 국내에서도 많은 양을 소비하고 있으니, 이자분만큼 알루미늄괴로 받아서 국내 기업들에게 팔면 될 것입니다. 물론 이자의 전부를 현물로 받지는 마시고 일정 부분은 러시아와 협상을 통해서 정하시면 될 것입니다."

"음, 나쁘지 않은 방법입니다. 러시아가 지금 줄 수 있는 현물로 요구한다. 하하! 방법을 한 번 찾아볼 수 있겠습니다."

잠시 생각에 잠겼던 박동훈은 밝은 웃음을 지으며 말했다.

알루미늄괴는 하나의 예시에 불과했다. 러시아의 지하자원 중에서 한국에 필요한 것들을 요구할 수 있었다.

실제로 러시아는 알루미늄괴 이외에도 북해에서 대량으로 잡히는 생선들과 러시아산 무기들도 제안했었다.

"국내 언론들도 현물로 이자를 받는다고 해서 무조건 반대하지 않을 것입니다."

아예 받지 못하는 것이 더 큰 문제였다.

"강 대표님 덕분에 실마리를 찾았으니 언론사들에 협조를 부탁해서라도 일을 잘 풀어가겠습니다. 강 대표님의 도움은 절대 잊지 않겠습니다."

"그럼 저는 제 일을 하러 가보겠습니다."

"조만간 제가 연락을 드리겠습니다. 살펴 가십시오."

박동훈 차관은 처음 만났을 때와 달리 나에게 정중하게 인사를 건넸다.

롯데호텔을 나온 나는 곧장 도시락 본사가 있는 명동으로 향했다.

협상이 잘 끝나면 분명 박동훈 차관이 이야기했던 3천만 달러의 소비재 차관을 도시락이 받을 수 있을 것이다.

3천만 달러는 도시락의 전반기 매출액과 맞먹는 금액이었다.

도시락 본사는 다른 회사들처럼 바쁘게 움직이고 있었다,

러시아 현지 공장 건설과 늘어나고 있는 매출로 인해서 일곱 명의 인원을 새로 뽑아 각 부서 배치했다.

"내가 말한 것은 알아봤습니까?"

나는 회사로 들어서자마자 해외영업부의 조상규 과장에

게 지시했던 일을 물었다.

"예. 월 10만 상자는 어렵고, 최대 8만 상자는 맞출 수 있다고 합니다."

8만 상자면 한 달에 192만 개를 더 생산하는 것이고, 금액으로 따지면 7억 6천 8백만 원의 매출이 늘어나는 것이다.

조상규에게 도시락 이천 공장의 생산설비 교체에 따른 생산량 증가를 알아보라고 했다.

모스크바 현지 공장이 완공되기 전에 최대한 지금의 공장을 이용하여 도시락 라면의 생산량을 늘려볼 생각이다.

도시락 라면이 러시아의 각 도시로 퍼져 나가면서 판매량이 가파르게 늘어나고 있었다.

이천 공장에서는 야간작업은 물론 직원들이 주말에도 출근해 라면을 생산했음에도 불구하고 러시아에서 소비되는 속도를 따라가지 못해 국내 공급량까지 줄여 보내는 실정이었다.

아이러니하게도 러시아의 식량 사정이 좋지 않은 것이 오히려 도시락 라면의 판매를 더욱 늘어나게 하는 요인이 되었다.

"8만 상자라……. 조금 애매한 숫자네요."

"현재의 공장 규모로는 기계를 교체한다 해도 한계가 있다고 합니다."

"공사는 언제 시작합니까?"

"다음 주에 바로 들어갈 계획입니다. 단계별로 생산기계를 교체할 예정이라 공장은 계속 가동할 수 있습니다."

"실수 없이 끝낼 수 있게 하십시오. 생산량을 최대한 늘려야만 소비재 차관으로 나가는 주문량도 맞출 수 있습니다."

조상규 과장에게 사전에 소비재 차관과 관련된 이야기를 해두었었다.

"예, 차질 없도록 진행하겠습니다."

"새로 들어온 직원들은 어떻습니까?"

경력사원보다는 신입사원들 위주로 선발했다.

"가끔 실수는 있지만 성실하고 책임감이 높습니다. 이제는 업무에 다들 적응해 가는 분위기입니다."

"다행이네요. 나가시면 권 차장님 좀 보자고 하십시오."

"예, 알겠습니다."

조상규 과장이 나가고 재무부서를 맡고 있는 권상균 차장이 들어왔다.

"부르셨습니까?"

"예, 회사에 여유 자금이 얼마나 있습니까?"

"57억 정도 사용할 수 있습니다."

"이천 공장 생산설비 교체 비용은 빼고 말한 것이지요?"

"예, 교체 비용 25억을 빼고 말씀드린 것입니다."

모스크바 현지 공장 설립에 들어가는 건설 비용은 이미 올해분이 투입된 상태였다.

"그러면 이천 공장 구내식당 개선 공사와 제품개발연구소의 확장 공사도 진행하십시오."

올해 초 구내식당을 새롭게 꾸미는 공사를 진행하려고 했지만, 러시아 현지 공장 설립으로 여의치가 않았다.

이천 공장의 생산 직원들이 늘어난 상태라 식당이 조금 비좁은 상황이었다.

또한 제품개발연구소의 인원도 열두 명으로 늘어나 있었다. 도시락 라면을 개발했던 한중관 과장은 연구소 소장으로 7월에 승진했고, 현재는 러시아인들의 입맛에 맞는 라면 개발에 몰두하고 있었다.

이번에 새롭게 개발된 닭고기맛 도시락이 8월부터 러시아로 수출되고 있었다.

현지에서의 반응이 상당히 뜨거웠다.

"알겠습니다. 장비 교체가 끝나는 대로 시작하겠습니다."

"아! 그리고 건물은 알아보셨습니까?"

"예, 말씀하신 대로 을지로와 종로 방향까지 알아보고 있습니다. 아직은 저희 조건에 맞는 건물이 나오지 않았습니다."

도시락 본사를 이전할 생각이었다.

처음 지금의 건물에 입주할 때보다 직원들이 늘어났고, 건물도 조금 낡은 상태라 불편한 점이 있었다.

"나오는 대로 알려주십시오."

"알겠습니다."

권상균 차장이 대표실을 나가자 나는 창밖으로 바깥풍경을 내려다보았다. 거리는 북적거렸고 사람들의 표정들은 다들 밝아 보였다.

먹고사는 문제로 걱정하는 시기도 아니었고 대학생들이 스펙을 쌓기 위해 동분서주하는 시대도 아니었다.

'점점 더 높은 곳을 향해 가는구나. 내가 어디까지 올라설 수 있을까? 그때는 이러지 않았었지⋯⋯.'

한때는 회사에서 매일매일 개미처럼 열심히 일을 했고, 회사 생활 중에 그때그때 멋진 아이디어를 제출하면서 인정을 받으려고 했다.

하지만 얼마 안 가서 그런 일로 인해서 오히려 조직에서 따돌림당하는 존재가 되었고, 어느 순간부터는 그렇게 열심히 일을 해야 할 만큼 월급을 많이 받는 것도 아니라는 생각에 사로잡히고 말았다.

그때부터 요령과 눈치로 회사생활을 하기 시작했다. 그리고 난 그날부터 직장에서의 희망과 꿈을 잃어버렸다.

"이곳에서는 달라질 거야. 분명히 그래야 하고……."

내가 만들어가는 회사에서는 열심히 일하는 사람들이 대우받고 좋은 삶을 누릴 수 있기를 바랐다.

아니, 그렇게 만들 것이고 반드시 해낼 것이다.

＊　　　＊　　　＊

이틀 뒤 나는 코질레프 외무장관과 소콜로프 주한 러시아 대사 부부와 함께 저녁 식사를 하며 담소를 나누었다.

"하하하! 이번 협상에서 강 대표님이 안 계셨다면 큰일 날 뻔했습니다."

코질레프 큰 소리로 웃으면서 말했다.

그가 만면에 웃음이 가득한 채로 말할 수 있는 것은 협상이 원만하게 타결되었기 때문이다.

자칫 한국과 러시아 양국에 좋지 않은 선례를 남길 수 있었던 협상이 성공적으로 성사된 건 두 나라가 조금씩 양보한 결과였다.

러시아는 10억 달러의 현금차관에 대해서는 알루미늄괴로 이자를 제공하고 소비재차관은 현금으로 지급하기로 한국과 합의했다. 또한 1999년까지 한국에서 빌려간 차관을 모두 갚겠다는 조항에도 서명했다.

"이참에 강태수 대표님을 모스크바 명예시민으로 추대하는 것이 어떻습니까? 러시아인도 아닌데도 이처럼 러시아를 위해서 동분서주하시는 분이 없는 것 같습니다."

소콜로프 주한 러시아 대사의 말이었다. 그는 내가 보리스 옐친 대통령을 목숨을 걸고 구했던 일과 러시아에 많은 투자를 하고 있다는 것을 알고 있었다.

더구나 이번 일도 번뜩이는 아이디어를 제공하여 막혀 있던 협상의 실타래를 풀었다.

"오! 그거 좋은 생각입니다. 강 대표님이 우리 러시아의 시민이 되신다는 생각만으로도 기분이 좋습니다. 자! 우리 강태수 대표님을 위해 건배합시다."

코질레프의 말에 나를 비롯한 주한 러시아대사 부부가 와인 잔을 들었다.

"별로 한 일도 없는데 이렇게까지 생각해 주시니 정말 감사합니다."

"별로라니요. 이번 일을 위해서 여러모로 애를 쓰신 것을 박동훈 외무차관에게서 전해 들었습니다. 그래서 하는 말인데, 강 대표님께서 러시아에서 운영하시는 회사 중에 알루미늄괴를 생산하는 제련공장이 있지 않으십니까?"

사실 코질레프의 입에서 이 말이 나오기를 바랐다. 그와 만났을 때 살짝 제련공장에 대한 이야기를 흘렸었다.

　"맞습니다. 세레브로 제련공장을 운영하고 있습니다."

　"제가 알아본 바로는 정부에서 발주하는 알루미늄괴를 생산하는 것으로 알고 있는데, 맞습니까?"

　"예, 러시아 정부에 납품하고 있습니다."

　납품하는 것은 맞았지만, 알루미늄괴의 생산량은 그다지 많지 않았다.

　"그렇다면 이번 협상에서 합의한 대로 한국 정부에 제공해야 하는 알루미늄괴를 강 대표님께서 담당하시는 것이 어떻습니까?"

　'생각보다 빨리 일이 성사될 수 있겠구나.'

　코질레프가 러시아로 돌아가 나에 대한 이야기를 꺼낸 다음에야 움직이려고 했지만 생각보다 더 고마웠든지 먼저 제의를 해왔다.

　"그렇게만 된다면 회사에 큰 도움이 될 것입니다."

　"제가 볼 때도 강 대표님의 회사가 맡는 것이 좋을 것 같습니다."

　소콜로프 대사가 옆에서 찬성하는 말을 했다.

　"제가 본국으로 돌아가는 대로 쇼린 부총리와 이야기를 나누겠습니다. 강태수 대표님께서 러시아를 위해 힘을 써주신 이야기를 전하면 일이 잘 풀릴 것입니다."

한국과 협상의 최종책임자는 쇼린 부총리였다. 작년에 한국을 방문했던 그는 러시아 국내 문제로 이번 협상에는 방문하지 못했다.

"그래 주신다면 정말 고맙습니다."

"아닙니다. 강 대표님께서 도와주신 일을 생각하면 당연한 것입니다. 러시아에 많은 도움을 주고 계시는데 제가 나서야지요."

코질레프는 기분이 좋았다. 그도 그럴 것이 보리스 옐친 대통령과 러시아의 언론이 코질레프 외무장관의 협상력을 높게 평가했기 때문이다.

나와는 별다른 유대관계가 없었던 코질레프 외무장관도 이번 일로 인해서 호의적인 인물로 탈바꿈했다.

저녁 식사를 하는 내내 웃음과 화기애애한 분위기였다.

양국 간의 뒤바뀐 분위기로 인해서 옐친 대통령의 한국 방문도 성사될 전망이었다.

*   *   *

코질레프 외무장관이 러시아로 돌아간 이틀 뒤, 옐친 대통령의 2박 3일간의 한국 방문이 발표되었다.

같은 시기의 일본 또한 쿠릴열도 4개 섬의 분쟁으로 경색된 러시아와의 관계를 회복하기 위해서 옐친 대통령의 일본 방문을 성사시키려고 노력했지만 끝내 방문을 성사시키지 못했다.

쿠릴열도는 사할린 주 동부의 화산열도로 태평양 북서부, 캄차카 반도와 일본 홋카이도 사이에 있으며 2차 세계대전 이후 샌프란시스코 강화조약으로 러시아 영토가 되었다.

하지만 일본은 구나시리 섬과 에토로후 섬 이남을 북방영토라고 부르면서 영토권을 주장하고 있다.

일본은 러시아에 상당한 금액의 차관을 제시하면서 북방영토의 협상을 유도했었다.

서울과 모스크바에서 보리스 옐친 대통령의 방한 발표가 이루어진 후에 박동훈 외무차관에게서 연락이 왔다.

러시아에 중단되었던 소비재차관을 다시 재개한다는 이야기와 함께 도시락도 소비재차관에 참여 기업으로 선정될 것이라는 말을 전했다.

구체적인 금액은 상공부와 협의를 통한 후에 결정될 거라는 말을 덧붙였다.

아마도 박동훈 외무차관이 나에게 말했던 3천만 달러 선이 될 것 같았다.

러시아에서도 좋은 소식이 전해졌다.

한국에 보내줘야 하는 현금차관의 이자 3천 5백만 달러에 해당하는 알루미늄괴 모두를 세레브로 제련공장에서 공급받기로 했다는 것이다.

3천 5백만 달러는 그동안 밀린 이자 금액이었고, 앞으로 발생하는 현금차관의 이자분에 해당하는 알루미늄괴 또한 세레브로에서 지속적으로 공급하는 내용이었다.

현금차관의 원금은 1999년까지 모두 러시아가 갚기로 타결을 보았다. 앞으로 7년 동안 세레브로 제련공장은 안정적인 알루미늄괴의 공급처가 확보된 것이다.

그러나 과거 러시아는 1999년에도 원금을 갚지 못했다.

러시아에서 들려온 좋은 소식은 거기에 그치지 않았다.

러시아의 또 다른 에너지기업인 로스네프티는 자신들이 소유했던 사포스티야노프 지역에 대한 시추개발권을 포기했다.

로스네프티 또한 구조조정이 진행되고 있는 상황에서 사포스티야노프 지역에 투자할 여력이 없었다.

룩오일과 달리 로스네프티는 구조조정에 따른 노사분규가 일어나 대규모 파업사태를 맞고 있었다.

로스네프티는 룩오일처럼 퇴직자에게 위로금과 다른 직장을 얻기 위한 직업교육 같은 정책을 펼치지 못했다.

합법적으로 주어야 하는 퇴직금도 제대로 지급하지 않은 채 일방적인 해고를 단행해 버렸다.

또한 룩오일의 코뷔트킨스크 사업장에 대한 과감한 폐쇄 조치에 자극받아 로스네프티도 사포스티야노프 지역을 부실사업장으로 선정하여 정리 대상으로 삼았다.

그들도 룩오일에 대한 정보를 입수하여 코뷔트킨스크 사업장에 신규로 자금이 투자된 것을 알았다. 그러나 얼마 가지 않아서 코뷔트킨스크 사업장에서 철수했고 사업장 폐쇄가 이루어졌다.

로스네프티의 입장에서 바라본 코뷔트킨스크에 대한 룩오일의 과감한 투자는 실패로 돌아간 것이다.

비슷한 지형과 지질 형태를 가진 사포스티야노프 지역도 로스네프티의 입장에서는 룩오일처럼 실패할 가능성이 커 보였다.

물론 로스네프티는 코뷔트킨스크에 발견된 대규모의 가스전을 모르고 있었다.

룩오일은 로스네프티의 결정이 이루어지자마자 발 빠르게 움직여 사포스티야노프 지역의 개발시추권을 사들였다.

그곳은 대규모 유전이 있을 가능성이 큰 지역이었다.

나는 보고를 받은 당일 사포스티야노프 지역의 시추에 필요한 3백만 달러의 신규 자금 투입을 허락했다.

룩오일의 이러한 행동에 러시아의 석유회사들은 의아한 눈길을 보냈다.

3일 뒤에 박동훈 외무차관에게서 직접 연락이 왔다.

도시락이 새롭게 러시아에 제공되는 소비재차관을 제공받는 업체로 선정되었다는 말이었다.

상공부에서는 신규업체 추가에 조금은 난감해 했지만, 이례적으로 러시아에서 강력한 요청을 해와 결국 허락했다는 말이었다.

물론 외교부에서도 도시락이 가지고 있는 러시아에서의 영향력과 이번 협상에서 도움을 준 나의 역할에 대해서 전했을 것이다.

최종적으로 도시락에 배정된 소비재차관의 금액은 3천 5백만 달러였다. 박동훈 외무차관이 말했던 3천만 달러보다도 5백만 달러가 늘어난 것이다.

이 때문에 라면을 생산하는 다른 회사에서 큰 반발이 있었지만, 러시아에서 요구하는 것은 오로지 도시락 라면뿐이었다.

그 때문인지 한동안 도시락에 관심을 보이지 않았던 국내라면 생산업체들이 견제하기 시작했다.

　　　　　　*　　　　　*　　　　　*

　대산그룹 본사는 여의도에 있었다.

　45층에 자리 잡고 있는 회장실에서 이대수 회장은 비서
실장에게서 보고를 받고 있었다.

　"채 2년이 안 되는 단기간에 이루어낸 결과라고 합니
다."

　"통신회사도 그렇고 거기에 라면 회사까지 거느리면서
매출을 그렇게나 올렸다. 정말 대단해."

　대산그룹 산하에도 식품회사가 있었다.

　이번 소비재차관의 재개로 인해서 대산그룹은 상공부를
움직여 3억 3천만 달러의 소비재차관에 참여했다. 그러나
예상했던 거와 달리 3백만 달러의 수주에 그쳤다.

　"저희가 생각한 것보다도 강태수 대표가 러시아에서 상
당한 영향력을 행사하는 것 같습니다. 도시락이 모스크바
근교에 짓고 있는 공장기공식에 보리스 옐친 대통령이 참
석했다고 합니다."

　"음! 스물한 살의 나이에 러시아에다가 공장을 세우고 거
기에 옐친이 참석했다. 정말 난놈이야. 외교부에서 도시락
을 밀었다는 이야기는 무슨 말이야?"

　"깊숙한 것까지는 모르겠지만 러시아와의 협상에 참여했

던 박동훈 외무차관이 적극적으로 도시락을 추천했다고 합니다. 러시아도 전례 없이 도시락에서 생산하는 라면의 이름까지 말하면서 직접 요구했다고 합니다."

"회사 경영만 잘하는 것이 아니라 인맥도 형성했다는 말이잖아? 정말이지 양파 같은 놈이야. 이거 벗기면 벗길수록 놀랄 일만 나오는군. 듣도 보도 못한 어린놈에게 밀리길래 박명준이가 감이 떨어졌나 했는데, 그게 아니었어. 음, 이놈은 보통 놈이 아니야."

필립스코리아의 박명준은 어떤 일을 맡겨도 항상 이대수를 만족하게 해주었다. 그런데 올해 들어서 필립스코리아의 실적이 점차 떨어지기 시작했다.

통신분야에 상당한 투자를 하는 상황에서 나온 결과라 상당히 의외였다.

대산그룹의 미래를 위해서 유능한 박명준을 필립스코리아에 사장으로 앉혔고 그에 걸맞은 투자까지 이루어졌다. 하지만 결과는 이대수의 예상과 달랐다.

작년에는 괜찮은 실적을 올렸기 때문에 일시적인 현상이라고 치부했었지만, 올해부터 떨어지기 시작한 실적과 무선호출기의 시장점유율은 좀처럼 회복되지 않았다.

그러한 결과의 가장 큰 원인은 바로 블루오션을 운영하는 강태수였다는 것이다. 더구나 후계구도를 위해 계열회사인 대산식품의 덩치와 매출을 키우려는 시점에서 강태수라는 이름을 또 듣게 된 것이다.

"좀 더 정보를 알아내기 위해 사람을 붙여 조사를 계속하고 있습니다."

"강태수가 운영하는 회사가 블루오션과 도시락뿐이야?"

"현재로써는 두 회사가 주력인 것 같습니다. 용산에도 컴퓨터를 판매하는 매장이 있다는 소리가 있어서 확인 중에 있습니다."

닉스에 관해서는 아직 조사가 이루어지지 않았다.

"확실하게 조사해 봐. 천산 어른이 이야기한 것도 있으니 말이야."

천산이 강태수를 향해 했던 말이 이대수의 귓전에 머물고 있었다.

세상 이치에 맞지 않은 인물!

그 말은 지금 비서실장의 보고를 받으면서 확실해졌다. 만으로 따지면 고작 스무 살에 불과했다.

더구나 운영하는 회사들 모두 2년이 되지 않은 상황에서 중견기업 못지않은 놀라운 매출을 올리고 있었다.

일반적으로는 이러한 결과를 설명할 방법이 없었다.

이대수는 일본에서 경영의 신(神)이라고 추앙받던 마쓰시타 고노스케(마쓰시다 그룹 창업자. 현 파나소닉)가 한국에서 태어났나 하는 생각마저 들었다.

아무것도 가진 것이 없는 상황에서 불과 몇 년 만에 놀라운 결과를 이루어낸다는 것은 사실 불가능에 가깝기 때문이다.

"알겠습니다, 회장님. 다시 보고드리겠습니다."

비서실장이 회장실을 나가자 이대수는 푹신한 의자에 몸을 기대며 창밖을 바라보았다.

"이해가 안 돼. 어떻게 회사를 운영했기에……."

한강이 내려다보는 이대수의 미간에 주름이 깊어졌다.

Chapter 10

아침에 먼저 명동에 있는 도시락 본사로 향했다.

어제 상공부와 한국수출입은행을 방문하여 러시아 소비재차관과 관련된 계약을 정식으로 체결했다.

다음 달부터 도시락 라면은 러시아로 수출되는 물량 외에 러시아 정부에도 공급해야만 했다.

일정이 상당히 빡빡했다.

도시락 본사로 사용하는 건물에 도착할 때쯤 백미러 뒤로 며칠간 자주 눈에 띄던 검은색 쏘나타 차량이 보였다.

"9801, 분명 어제도 봤던 번호인데……."

구로에 있는 명성전자와 가로수길에 위치한 닉스 본사 근처에서도 같은 번호의 차량을 보았다.

나는 도시락 본사로 차를 몰지 않고 우회전을 했다. 그러자 검은색 쏘나타도 우회전하며 따라붙었다.

"누구지?"

안기부의 인물들은 아니었다. 그들은 이제 날 미행하지 않는다. 그렇다고 흑천의 인물이란 느낌도 들지 않았다.

흑천의 인물은 조용히 혼자 움직이는 걸 좋아했다. 검은색 쏘나타에는 두 명의 인물이 타고 있었다.

나는 곧장 출구가 없는 근처 막다른 길로 차를 몰았다.

쏘나타도 나의 행동에 잠시 머뭇거리는 모습이었지만 내차가 사라지자 조심스럽게 뒤를 따라왔다.

쏘나타가 내가 들어간 길로 들어섰을 때쯤 승용차 한 대가 그 뒤를 따르며 입구를 막았다.

승용차에서 내린 사람은 다름 아닌 김만철이었다.

김만철은 티토브 정과 번갈아 가면서 나를 경호했다.

그도 며칠간 나의 뒤를 따르는 검은색 쏘나타를 주시하고 있었다.

내가 차에서 내리자마자 뒤따르던 쏘나타가 오른편에서 커브를 틀면서 안쪽으로 들어섰다.

쏘나타는 막다른 길이라는 것을 알게 되자마자 차를 뒤

보세요."

마침 가게 옆에 공중전화가 눈에 들어왔다.

"우리 바쁜 사람들이야. 어서 차나 빼라고!"

두 사람은 차를 막아서고 있는 김만철을 향해 소리쳤다. 하지만 김만철은 들은 척도 안 했다.

나는 공중전화기를 들어 안기부 박영철 차장에게 전화를 걸었다.

─삼정실업의 박영철입니다.

박영철이 직접 전화를 받았다.

"강태수입니다. 뭐 좀 알아볼 게 있어서 전화했습니다."

─무슨 문제라도 있으니까?

"큰 문제는 아닙니다. 절 미행하는 차량이 있어서요. 어디 소속인지 알고 싶어서 전화했습니다. 차량 번호가 12가 9801입니다."

─잠시만 기다리십시오.

3분 정도 시간이 지난 후에 다시금 박영철의 목소리가 들려왔다.

─주소가 여의도에 있는 대산그룹 비서실 소속의 차량입니다. 그쪽하고 무슨 문제라도 생긴 것입니까?

'대산그룹 비서실에서 왜 나를…….'

"아닙니다. 제가 다시 연락드리겠습니다."

전화기를 끊고는 나는 김만철과 승강이를 벌이고 있는 사내들에게 다시 다가갔다.

"제가 착각했네요. 다른 차량을 잘못 본 것 같습니다. 미안하게 되었습니다."

내 말에 김만철이 뭐가를 말하려고 했지만 내 고갯짓에 입을 열지 않았다.

사내는 내 말에 불안한 표정이 사라졌다.

"앞으로는 바쁜 사람한테 미안한 짓을 하지 말라고."

"어서 차 빼!"

두 사람은 차에 올라타며 한마디씩 던졌다.

김만철은 못마땅한 표정을 지으며 쏘나타 뒤에 세워두었던 승용차를 뺐다.

그러자 검은색 쏘나타는 뭐가 급한지 부리나케 지금의 장소를 빠져나갔다.

"왜 보내준 것입니까?"

김만철이 궁금한 듯 물었다.

"누가 보냈는지 알았습니다. 회사로 가시지요. 가서 말씀드리겠습니다."

나의 말에 김만철은 더는 묻지 않았다.

도시락의 대표실에 김만철과 티토브 정, 그리고 행복찾

기의 김인구 소장이 자리를 함께했다.

세 사람은 흑천을 함께 조사하는 과정에서 친해진 사이였다.

김인구 소장은 요즘 흑천과 전국에 있는 폭력 조직과의 연관성을 조사하고 있었다.

"정확히는 모르겠지만 대산그룹 비서실에서 절 조사하고 있는 것 같습니다. 요 며칠 절 따라다녔던 쏘나타 차량은 대산그룹 비서실에 소속된 차량이었습니다."

"대산그룹이 강 대표님을 조사한다라……. 그쪽하고 문제라도 있으십니까?"

김인구의 질문에 머릿속에 떠오른 것은 필립스코리아밖에는 없었다.

"특별히 대산그룹과 문제되는 것은 없습니다."

블루오션에서 생산되는 재즈—II로 인해 일시적으로 필립스코리아의 매출이 떨어졌다는 것 때문에 날 미행했다는 것은 이치에 맞지 않았다.

"아무런 문제가 없는데 대산그룹 비서실의 직원이 대표님을 미행한다? 제가 볼 때는 대표님께서 알지 못하는 문제가 있는 것 같습니다. 요새 회사에 특별한 일이 있으셨습니까? 아니면 대산그룹과 관계된 일이라든가?"

김민구는 수첩을 꺼내어 뭔가를 적어가면서 질문을 던

졌다.

'특별한 일이라⋯⋯.'

요즈음에 일어난 특별한 일은 도시락이 러시아의 소비재
차관에 참여하게 되었다는 것뿐이다.

"도시락이 이번에 러시아 소비재차관 제공에 참여하는
업체로 선정되었다는 것이 특별한 일이라면 특별한 일이겠
지요."

"소비재차관이 정확히 무엇입니까?"

김인구는 러시아에 제공하는 소비재차관에 대해 알지 못
했다.

"소비재차관은 러시아에 제공⋯⋯."

나는 간략하게 소비재차관에 관해 설명해 주었다.

"음, 그렇다면 회사에 상당한 이익이 되는 일이겠습니
다."

"그렇다고 볼 수 있습니다. 앞으로 몇 년간은 소비재차관
을 통해서 도시락이 러시아 정부에 라면을 공급하게 되니
까요."

"그럼 혹시 대산그룹도 소비재차관에 참여했습니까?"

거기까지 생각하지 못했다.

'대산그룹 산하에 식품회사가 있었지. 만약 이번에 도시
락 때문에 그쪽 소비재차관의 비율이 줄었다면⋯⋯.'

"음, 뭔가 걸리는 게 있습니다. 대산그룹 계열회사 중에 대산식품이라고 있습니다. 그 회사도 이번 소비재차관에 참여한 것으로 알고 있습니다. 그 때문에 저를 조사한 것일 수도 있겠습니다."

"뭔가 짚이는 데가 있으십니까?"

김인구가 궁금한 듯 물었다.

"이번 러시아에 제공하는 소비재차관에 대산그룹이 공을 들였다는 소리를 들었습니다. 그런데 저희 도시락이 3천 5백만 달러를 가져간 것에 비해서 대산식품은 3백만 달러에 그쳤습니다. 거기다가 블루오션의 재즈시리즈로 인해서 필립스코리아의 무선호출기의 시장점유율이 떨어진 것을 연관시키니 대충 답이 보이네요."

전후 사정을 모르는 세 사람은 내 말을 잘 이해하지 못했다.

"대산그룹이라는 곳에서 대표님 때문에 손해를 본 것입니까?"

김만철이 물었다.

"손해라기보다는 예상치 못한 복병을 만났다고 할 수 있겠죠. 아마 그래서 저에 대해 자세히 알고 싶은 것 같습니다. 두 번이나 대산그룹의 계열사와 우리 회사들과 부닥쳤으니까요."

"그럼, 그 때문에 강 대표님을 대산그룹에서 견제하려는 것일까요?"

김인구의 말에 문뜩 천산이란 불린 노인의 말이 생각났다.

'날 보면서 이치에 맞지 않는다고 했었지… 초인 같은 능력을 갖췄다는 말도 했는데.'

지금의 내가 이루어낸 일들이 그러했다.

남들이 전혀 생각하지 못한 방식과 미래를 알고 있는 것처럼 앞날을 정확히 예측하여 회사를 급속하게 키웠다.

"견제는 아니겠지만, 저에 대한 호기심이 생긴 것 같습니다. 당분간 제가 해외로 좀 나가 있어야겠습니다. 김 소장님께서 대산그룹 회장비서실에 대해서 좀 알아봐 주십시오."

아직은 내 신상에 대해서 어디든지 알려지는 것은 좋지 않았다.

여의도에 있는 대산그룹의 회장비서실은 다른 그룹의 비서실과 달리 상당한 규모를 갖춘 조직이었다.

들리는 말로는 언론사 출신은 물론 경찰이나 정보기관에 몸을 담았던 인물들도 상당수 근무한다는 소리를 들었다.

"알겠습니다. 지시하실 다른 일은 없습니까?"

"그쪽도 오늘처럼은 움직이지는 않을 것입니다. 다른 방법으로 저를 조사할 것 같은데, 아마도 회사의 직원들에게 접근할 수도 있을 것입니다. 그걸 최대한 막아주십시오."

"그럼 당분간 흑천의 조사는 중단하겠습니다."

"예, 그렇게 하십시오. 이번에 들어온 직원들은 쓸 만합니까?"

행복찾기 사무실에도 세 명의 직원이 새로 들어왔다.

두 명은 군 특수부대를 전역한 친구들이었고, 한 명은 김인구 소장이 현직 정보계 출신의 여형사를 설득해서 입사시켰다.

세 명은 입사가 정식으로 결정되었을 때에 얼굴을 보았다. 행복찾기의 인원 관리는 전적으로 김인구 소장에게 맡겼다.

"다들 열심히 하고 있습니다."

"이번 주에 한번 자리를 마련할 테니, 새로운 식구들과 함께 저녁 식사나 하시죠."

"저야 좋습니다."

"연락을 드리겠습니다."

"그럼 저는 일 보러 나가겠습니다."

"수고하십시오."

김인구 소장이 도시락 대표실을 떠났다. 그는 맡은 일을 잘해낼 것이다.

"대산그룹이 그렇게나 문젯거리가 되는 것입니까?"

티토브 정이 궁금한 듯 물었다.

"저를 조사했다는 점이 문제가 될 수 있습니다. 아직은 제가 하는 일들이 언론이나 외부에 노출되지 않는 것이 좋습니다. 이 나이에 작지 않은 회사들을 운영하는 것이 알려지면 언론에 좋은 가십거리가 될 뿐입니다. 회사의 운영에도 좋은 영향을 끼치지 못합니다."

"대표님을 있는 그대로를 보지 않는다는 말씀이군요."

김만철이 뭔가를 알겠다는 표정으로 말했다.

"맞습니다. 사람들의 보편적인 인식으로 볼 때 지금의 회사들을 거느리고 운영하는 것을 제 능력으로 보지 않을 것입니다. 지금 그걸 사람들에게 이해시키려면 많은 에너지를 소모할 뿐이지 아무 이득이 없습니다."

"능력이 뛰어난 것도 힘들 때가 있는 것 같습니다."

티토브 정이 내 말을 이해한다는 듯이 말했다.

"사람들은 자신보다 뛰어난 능력을 갖춘 사람을 동경하면서도 한편으로는 시기를 하지요. 지금은 저에 대한 관심을 줄여야 할 때입니다."

"아! 피곤해. 전 그렇게 피곤하게 살고 싶지 않습니다."

김만철은 머리를 흔들면서 말했다.

나 또한 그의 말처럼 피곤하게 살고 싶지 않았다. 하지만 세상은 날 시기하듯 그냥 내버려 두지 않았다.

어쩌면 천산의 말처럼 세상의 이치에 맞지 않은 인간이기 때문인지도 모른다.

Chapter 11

　송 관장의 집으로 들어가지 않고 당분간은 호텔에 머물기로 했다.

　두 사람에게 자초지종을 설명했다. 혹시나 하는 마음에 가인이와 예인이가 피해를 볼 수 있는 상황을 만들고 싶지 않았다.

　머물게 된 호텔은 김만철과 티토브 정이 숙박하는 곳이었다.

　저녁때 안기부의 박영철 차장이 나를 찾아왔다. 오전에 전화 통화한 내용 때문이었다.

"대산그룹에서도 주목할 정도로 강 대표님이 위치가 커진 것입니다."

"그다지 주목받고 싶은 생각은 없습니다."

"이제는 강 대표님의 의지와 상관없이 기업이나 언론에서 주목받게 될 것입니다. 운영하시는 기업들도 이제는 작은 곳이 아니지 않습니까?"

박영철의 말처럼 운영하는 회사들은 이제는 작은 중소기업의 매출이 아니었다. 웬만한 중견기업의 매출과 맞먹고 있었다.

더구나 다른 기업들과 달리 생산되어 판매되는 제품의 이익률이 상당히 높았다.

닉스나 블루오션은 처음에는 동종업계의 회사들이 경쟁사로 취급하지도 않았다. 하지만 지금은 두 회사가 시장에서 성공할 수 있었던 요인들을 찾고 있었다.

"그렇다고 해도 아직은 제가 세상에 드러나는 것이 여러모로 좋지 않다고 생각됩니다. 경쟁 기업들과 비교하면 기술력이나 자금력 면에서 한참 뒤지고 있습니다. 대산그룹과 같은 대기업의 노골적인 견제가 시작되면 지금의 회사들은 얼마 가지 못해 두 손을 들고 맙니다."

대산그룹은 재계 순위 4위에 해당하는 대기업이었다. 더구나 대산그룹 산하의 계열회사들은 다른 대기업들에 비해 알짜배기 회사들이 많았다.

대산그룹은 문어발식 외형 확장에 매달리지 않고 전문경영인들을 일선에 잘 배치하여 탄탄한 회사들로 만들었다. 또한 대산그룹은 현금이 많기로 유명했다.

그런 대기업이 나를 견제한다면 회사 운영이 지금보다 쉽지 않게 된다.

"대산그룹 비서실은 강 대표님의 정보를 얻기 위해 집요하게 접근할 것입니다. 다른 대기업의 비서실과 달리 대산그룹의 비서실은 그 규모나 조직의 운영 방식이 남다르니까요. 오히려 그런 성향으로 볼 때 저희 쪽과 비슷하다고 해야 할까요."

대산그룹의 비서실의 인원은 대략 50~60명으로 알려졌지만 정확한 숫자는 그룹 관계자만 알고 있었다.

이대수 회장의 손과 발이 되는 비서실은 그룹 경영과 관련된 일뿐만 아니라 이 회장 가족들의 대소사도 처리했다.

어떨 때는 정부보다도 먼저 중요한 정보가 이대수 회장에게 보고될 정도였다.

"그래서 당분간 외국에 나가 있을 생각입니다. 러시아와 중국에서 처리해야 할 일들도 있고 해서요"

"제가 나설 수도 없는 문제라 어쩌면 그게 지금 상황에서 가장 좋을지도 모르겠습니다."

대산그룹이 범죄를 저지르는 것이 아니므로 박영철이 나설 수도 없는 처지였다.

노골적인 미행이나 사찰은 문제가 되겠지만, 경쟁 기업에 대하여 순수하게 정보를 습득하는 것은 문제될 것이 없었다.

나 또한 경쟁 회사의 신제품 정보나 출시 일정, 그리고 투자 상황에 대해 알아보았었다.

"문제되는 상황이 있으면 연락드리겠습니다."

"예, 바로 연락해 주십시오. 그리고 강 대표님께서 한 분을 더 후원해 주셨으면 합니다. 서울은 아니고 대전에서 치러질 보궐선거에 나갈 것입니다. 외국에 나가시기 전에 자리를 마련하겠습니다."

추천하는 시점에서 이미 해당 인물에 대한 검증은 끝났을 것이다.

"알겠습니다."

"감사합니다. 그리고 이건 대산그룹 비서실의 대략적인 조직도입니다."

박영철은 자리에서 일어나기 전에 들고온 가방에서 서류봉투 하나를 내밀었다.

박영철이 가고 난 뒤 난 천천히 그가 주고 간 대산그룹 비서실의 조직도를 살폈다.

조직도에는 언론을 담당하는 팀과 정치권과 법조계를 담당하는 팀들이 개별적으로 존재했다.

또한 정보 습득을 위한 정보 팀도 운영되고 있었다.

대산그룹의 비서실은 이대수 회장을 수행하는 역할도 했지만, 그룹의 위기관리 역할도 담당했다.

조직의 책임자는 이대수 회장의 비서실장이었고 각 팀에는 팀장을 두어 개별적으로 움직였다.

서류에는 비서실장과 각 팀의 팀장들의 간략한 신상 내력과 사진이 붙어 있었다.

안기부는 안기부였다. 이미 어느 정도는 대산그룹 비서실에 대한 정보를 갖고 있었다.

각 팀장 중에서 눈에 띄는 사람은 정보 팀을 운영하는 팀장이었다. 특이하게도 특전사와 기무사를 거친 인물로 청와대 경호팀에서도 근무한 경력이 있었다.

나이는 38살이었고 특기가 격투 무술이었다.

사진에서 보여주는 다부진 모습에서도 강자의 강함이 고스란히 묻어나왔다.

"음, 비서실의 조직이 생각보다 탄탄하구나. 다른 대기업의 비서실은 이 정도는 아니라고 했지."

대기업마다 회장비서실이나 그룹조정실 또는 그룹정책실을 두고 있었다.

이름은 다르지만 이러한 부서와 조직의 역할은 한결같이 그룹의 총수가 원만하게 그룹에 속한 계열사들을 운영할 수 있게 만드는 것이었다.

그래서인지 이들 조직에 속한 인물들이 그룹 내에서 알게 모르게 상당한 힘을 발휘했다.

"이대수 회장이 내게 관심을 두고 있다면 이 일을 맡은 인물은 쉽게 물러나지 않겠지."

대산그룹 내에서 이대수 회장의 말은 무소불위(無所不爲)의 권력을 지녔다.

나에 대한 정보를 얻기 위해 비서실에서는 어떻게든 다방면으로 움직일 것이다.

'대산그룹과 부닥친 것은 블루오션과 도시락뿐이지…….'

대산그룹 산하의 대산신품은 훈연가공식품인 햄과 소시지와 레토르트 가공식품인 카레와 스파게티 소스 등을 생산했다.

사실 대산식품의 생산 품목과 도시락의 생산품이 서로 달라서 소비재차관만 아니라면 국내에서는 충돌할 일이 없었다.

대산그룹 계열사에는 패션 관련 회사도 없어서 오로지 블루오션만이 앞으로 필립스코리아와 경쟁할 뿐이었다.

"블루오션은 몇 년간 이대로 성장을 해나가야 하는데……."

블루오션은 아직 닉스와 도시락에 비해서 작은 회사였다. 도시락과 닉스는 충분히 성장해 나갈 수 있는 토대를 마련했지만, 블루오션은 좀 더 시간이 필요했다.

중국의 합작회사인 블루오션상하이가 본격적으로 가동되면 지금보다 훨씬 안정적으로 회사가 성장할 수 있겠지만, 지금은 아니었다.

＊   ＊   ＊

이대수 회장은 모처럼 한라그룹 정태술 회장과 보영그룹 김상춘 회장과 함께 저녁 자리를 마련했다.

세 사람은 모두 현 정권과 유대관계가 깊었고 정민당의 한종태 사무총장을 후원하고 있었다.

보영그룹은 중공업과 정유회사가 주력이며 종합상사를 비롯한 16개의 계열사를 거느린 재계순위 14위에 해당하는 그룹이었다.

보영그룹의 김상춘 회장은 60대 초반이었다.

"요새 중국 진출로 많이 바쁘시다고 들었습니다."

김상춘은 이대수 회장을 바라보며 말했다.

"중국의 문이 활짝 열렸으니, 일을 벌이는 것도 괜찮을 것 같아서요."

"지사를 상하이에 두신다고 들었습니다."

정태술이 술잔을 들며 말했다. 정태술이 술을 비우자 옆에서 시중을 들고 있는 여인이 빈 술잔에 술을 채웠다.

세 사람이 식사하는 곳은 북한산자락에 위치한 도화정이라는 고급 요정이었다.

"베이징도 검토를 해보았는데 상하이시에서 제시한 조건과 위치가 더 나아 보였습니다."

"저희도 중국 진출을 검토하고 있는데 마땅히 가지고 들어갈 것이 없는 게 문제입니다."

정태술은 술을 연거푸 마시며 말했다. 그의 얼굴은 이미 벌겋게 달아올라 있었다.

"정 회장님 쪽에 패션 회사가 있지 않습니까?"

한라그룹에는 남성복과 여성복을 망라하는 종합패션 회사인 한라모직이 있었다.

그 안에는 한국 나이키도 들어갔다.

"생산공장을 옮길까는 생각 중입니다만, 중국에 옷을 팔아먹기에는 저희 쪽 브랜드 인지도가 약합니다."

정태술의 말처럼 한라모직은 자체 브랜드를 키우기보다는 외국에서 유명 제품을 들어와 판매하거나 유명제품의 카피 제품을 만들어 판매하는 데에만 주력했다.

국내에서도 한라모직의 브랜드는 경쟁 회사들보다 인지도에서 밀렸다.

정태술은 투자하기보다는 최대한 적은 돈을 들여서 돈을 벌길 원했다.

그나마 한라모직에서 내세우는 것은 국내 판매권을 가지고 있는 나이키였지만 현재 닉스에게 국내 제일이라는 인지도를 내주었다.

전국적인 판매망과 매장을 갖춘 나이키였기에 아직은 판매율이 국내에서 가장 높았다. 하지만 인기와 판매이익률에서는 닉스가 국내 최고였다.

"아직 중국이 정 회장님 쪽의 옷을 사 입기에는 아직 멀었습니다. 그냥 생산공장을 옮기셔서 고정비를 줄이시는 게 좋을 것입니다. 저희도 중국에 기계공장을 알아보고 있는데, 이것저것 따져 보니까 한국에서보다 30%밖에 운용비용이 들어가지 않더라고요."

김상춘이 옆자리에 앉은 아가씨가 건네준 회를 집어 먹으며 말했다.

"하긴 요즘 국내 인건비가 쓸데없이 너무 올라서 이전

같이 재미가 없습니다. 우리 때처럼 제대로 일하는 놈들도 없고 월급만 올려 달라고 징징대기만 하니 말입니다. 파업하는 놈들을 싹 쓸어다가 삼청교육대처럼 정신 좀 차리게 해야 하는데, 정부가 너무 물러터진 것이 문제예요."

한라그룹 산하에 3개 계열사가 현재 임금인상과 처우개선을 주장하며 파업을 벌이고 있었다.

한라그룹은 다른 기업보다도 급여가 전반적으로 적었다.

정태술은 회사를 팔아 버리거나 직장을 폐쇄하는 일이 있어도 직원들의 요구를 들어주지 않기로 유명했다.

"정 회장님 쪽 직원들이 좀 강성이지요."

이대수 회장이 술잔을 비우며 말했다.

"강성이 아니라 돈만 아는 깡패 새끼들입니다. 회사가 잘 돌아가는 꼴을 보지 못한다니까요. 이참에 버릇을 단단히 고쳐 놓을 것입니다. 지금 세상이 어떤 세상인데 일은 안 하고 쓸데없이 파업이나 하고 있으니."

"국내 경기(景氣)도 좋지 않은 상황에서 파업은 회사를 운영하지 말라는 것이지요. 지금 회사가 어떤 상황에 놓여 있는지 알지도 못하는 것들이 일을 저지릅니다. 그러다 일자리를 잃고 나서야 후회를 하지만요."

김상춘이 정태술의 말에 동조하며 이야기했다. 보영그룹

산하 계열사도 2곳이 파업 중에 있었다.

대산그룹만 파업을 하는 계열사가 없었다.

"올해 말에 대선이 있고 하니, 내년에도 경영 여건은 좋지 않을 것입니다."

이대수 회장의 말에 정태술과 김상춘이 고개를 끄덕였다.

"한종태 사무총장의 말을 따르려니 조금 배가 아픕니다. 그동안 한 총장에게 쏟아 부은 돈이 장난이 아닌데, 또다시 김용삼에게 돈을 대주어야 하니. 정말 이거 못 해먹겠습니다."

정태술이 인상을 찌푸리며 말했다.

"그쪽에서 확실하게 차기 대선을 밀어주기로 약조한다고 하니 기다릴 수밖에요. 아직 한 총장이 두 김씨에 밀리는 건 사실이니까요."

이대수가 채워진 잔을 들며 말했다.

"확실하게 돈을 준 만큼 뽑아내야지요. 정치인들은 돈이 어디서 그냥 나오는지 압니다."

김상춘도 못마땅한 표정이었다.

"그래도 한 사무총장이 정민당을 꽉 잡고 있으니 김용삼이 당선돼도 함부로 못 할 것입니다. 지금까지 한 총장이 해온 것처럼 우릴 밀어주면 손해야 나겠습니까."

이대수의 말에 두 사람의 표정이 살짝 풀리는 기색이었다.

정민당의 한종태 사무총장은 받은 만큼 확실히 밀어주는 스타일이었다.

오늘 자리에 모인 세 사람도 한종태와 현 정부에게서 많은 이권 사업을 받아 챙겼다.

"한데 요새 필립스코리아가 작년 같지 않은 것 같습니다."

정태술이 옆에 앉은 여자의 치마에 슬쩍 손을 넣으며 말했다. 여자는 살짝 놀라는 눈치였지만 정태술의 손을 거절하지 않았다.

"박명준 사장을 힘들게 하는 적수가 나타나서 그렇습니다."

"아니, 그게 누구입니까?"

정태술이 궁금한 듯 물었다. 필립스코리아의 박명준은 정태술도 인정하는 경영통이었다.

정태술은 할 수만 있다면 박명준을 한라그룹으로 데려오고 싶어 했다.

"블루오션이라고, 요새 한참 젊은 애들에게 인기 있는 서태지와 아이들을 내세워 삐삐를 광고하는 회사입니다. 웃긴 것은 그곳을 경영하는 친구가 고작 만으로 스무 살밖에 안 됐다는 것이지요."

"스무 살이요?"

김상춘이 놀라며 물었다.

"더 놀라운 것은 그 친구가 도시락이라고 라면을 만드는 회사도 운영하는데, 이번에 재개하기로 한 러시아 소비재 차관에 참여해서 3천 5백만 달러를 가져갔습니다. 대산식품은 3백만 달러에 그쳤는데 말입니다."

"어허! 이거, 이 회장님께 듣고도 믿지 못하겠습니다."

김상춘은 많이 놀라는 모습이었다.

그때 정태술이 뭔가가 생각났는지 코를 매만졌다. 정태술이 생각에 잠길 때 나오는 버릇이었다.

"혹시, 그 친구 이름이 강태수가 아닙니까?"

"맞습니다. 알고 계셨습니까?"

이대수 회장이 정태술에게 되물었다.

"저희 나이키도 그 친구가 운영하는 닉스에 고전하고 있습니다."

정태술의 말에 순간 두 사람의 눈동자가 크게 커졌다.

*　　　*　　　*

식사를 마치고 집으로 돌아온 이대수 회장은 비서실장을

호출했다.

퇴근 후에는 웬만해서는 비서실장을 부르지 않았지만, 이번 일은 달랐다.

2층 서재에서 잘 가꾸어진 넓은 정원을 바라보는 그의 표정이 미묘했다.

"단순한 늑대 새끼인지 알았는데 범이었어."

똑똑!

그때 서재 문을 두드리는 소리가 들렸다.

"들어와!"

서재 안으로 들어온 사람은 비서실장만 아니었다. 정보관리팀을 맡고 있는 김민우 팀장도 함께였다.

"찾으셨습니까? 회장님."

서재로 들어온 비서실장과 김민우는 고개를 숙였다.

"쉬는데 미안하게 됐네."

"아닙니다."

"일전에 블루오션의 강태수 대표에 대해 알아보라고 했는데, 어떻게 되었나?"

이런 식으로 이대수가 먼저 이야기를 꺼낸 것은 드문 일이었다.

"그렇지 않아도 보고드리려고 했습니다. 김 팀장이 직접 말씀드리게."

"예. 지금까지 조사한 바로 강태수는 통신회사인 블루오션과 라면을 생산하는 도시락, 그리고 컴퓨터와 라디오를 생산하는 명성전자를 소유하고 있습니다."

"명성전자는 또 뭔가?"

"예, 명성전자는 원래 라디오를 전문적으로 생산하는 업체였는데 작년 초에 강태수가 인수한 것으로 되어 있습니다. 현재는 블루오션에서 개발한 재즈시리즈와 함께 현대전자에 납품하는 컴퓨터를 주력으로 생산하고 있습니다."

"음, 다른 회사는 또 없는 건가?"

김민우의 보고를 듣는 이대수는 짧은 신음성을 내뱉었다.

"신발을 만드는 닉스라는 회사가 있는데, 이게 강태수의 소유인지가 조금 불분명합니다. 닉스는 현재 닉스의 신발생산책임을 맡고 있는 한광민이 소유했던 부산의 신발공장을 모태로 출발했습니다. 재작년까지는 자사 브랜드 없이 OEM으로만 신발을 생산하던 일반적인 회사였습니다. 그런데 닉스로 사명을 바꾸고 나서부터 급성장했습니다."

"닉스도 강태수가 소유한 거로 봐야 해. 닉스는 한라그룹의 정 회장이 잘 알고 있더구먼. 계속해."

한라그룹의 정태술은 디자인실의 직원들을 빼돌리는 수법으로 닉스를 흔들어 놓으려고 했다. 그 와중에 닉스의 정보를 입수했던 것이다.

"예. 닉스는 현재 국내뿐만 아니라 미국과 일본을 비롯하여 러시아에 수출되고 있습니다. 국내 운동화판매율에서는 나이키가 앞서고 있지만 인기와 수익률 면에서는 닉스를 따라가지 못하고 있습니다. 닉스의 대리점 숫자가 늘어나면 판매율까지도 닉스가 앞설 것으로 예상됩니다. 본사는 가로수길에 있습니다. 미국의 인기 농구 스타인… 도시락은……."

김민우 팀장은 닉스와 도시락, 그리고 블루오션까지 조사한 내용을 보고했다.

보고 내용 중에 용산의 비전전자와 비전전자부품은 조사가 이루어지지 않았고, 러시아에서 운영 중인 현지사업체와 미국에서 준비 중인 닉스 미국법인도 빠져 있었다.

"허허! 스무 살의 나이에 상당한 이익을 내는 알짜배기 회사 4개를 가지고 있다. 정 실장은 어떻게 생각해?"

비서실장인 정용수를 향해 물었다. 필립스코리아의 박명준과 함께 이대수가 크게 신뢰하는 인물이었다.

직책은 회장비서실장이었지만 그의 영향력은 계열사의

사장급들과 맞먹거나 능가했다.

"4개의 회사를 2년 만에 모두 독보적인 회사로 만들었습니다. 솔직히 그 나이에 상식적으로는 있을 수 없는 일입니다."

"그래, 우리가 가진 상식으로는 이치에 맞지 않지. 회사 하나도 제대로 운영하지 못해서 쩔쩔매는 인간들이 수두룩한데 말이야. 이대로 계속 가면 몇 년 안에 그룹도 만들겠어."

"제가 볼 때는 강태수 대표가 젊어서 그런지 모험적인 성향이 강합니다. 그러한 성향과 함께 젊은 층을 파고든 운영 전략이 시기와 잘 맞아 떨어진 것도 있습니다. 아직 거친 파도를 만난 경험이 없어서 앞으로의 사업 전개가 지금처럼 잘될지는 예단하기가 힘든 점이 있습니다."

정용수는 자기 생각을 정리해서 말했다.

"음, 그런 점도 없지는 않지. 하지만 그 나이에 지금의 회사를 만들었다는 것만으로도 능력이 대단한 거야. 그 친구 덕분에 박명준이가 오랜만에 바쁘게 움직이고 있잖아."

필립스코리아의 박명준은 대외적인 업무를 줄이면서 온전히 회사에 매달렸다.

그가 팔을 걷어붙이고 열정을 회사에 쏟아 붓자 필립스

코리아의 분위기도 달라졌다.

직원들도 덩달아 일에 집중했다.

"그럼 계속 지켜볼까요?"

비서실장인 정용수가 조심스럽게 물었다.

"지켜보는 것으로만 끝내지 말고 연구를 해봐. 그 친구가 어떻게 그러한 일을 해냈는지 말이야. 우리 그룹에도 그런 인재가 필요해."

"그렇게 하겠습니다."

"그래. 그럼 가서 쉬어."

"편히 쉬십시오, 회장님."

정용수는 짧게 대답을 하고는 이대수의 서재에서 나왔다. 그는 이대수의 의중을 누구보다 잘 파악하는 인물이었다.

이대수는 두 사람이 나가자 한동안 끊었던 파이프 담배를 입에 물었다.

무언가 골똘히 생각할 때는 이만한 것이 없었다.

'음, 도저히 스무 살로는 볼 수 없는 일들을 해내고 있어. 미래를 내다보는 안목도 뛰어나고, 직원들을 장악하는 능력과 친화력도 출중해. 거기다가 인맥까지 관리할 줄 알다니… 전혀 모난 구석이 없어. 우리 중호가 이놈을 이겨낼 수 있을까?'

이대수는 한참을 서재에 머물다가 밖으로 나왔다.

그가 중대한 일을 결정할 때마다 서재의 머무는 시간이
길어졌다.

Chapter 12

　미쓰코시미도파가 리모델링을 마치고 화려한 개관식을
열었다.

　미쓰코시미도파는 가수와 배우 등 유명 연예인들을 동원
하여 일일판매사원이라는 독특한 행사 전략을 들고 나왔
다.

　미쓰코시미도파에 자리 잡은 닉스에는 연예인이 아닌 큰
인기를 끌고 있는 농구 스타인 이충희와 김현준이 일일판
매사원으로 나섰다.

　두 사람은 80년대 중후반부터 맞수 관계를 맺어온 사이

였다.

미쓰코시미도파의 이러한 행보는 언론과 사람들의 이목을 끄는 데 성공했다. 그러나 한편으로는 일본 기업인 미쓰코시의 한국 진출을 반대하는 사람들이 명동에서 데모를 벌이고 있었다.

여러모로 미쓰코시미도파의 등장은 백화점업계의 구도에 큰 변화를 주는 사건이었다.

의도한 것은 아니었지만 닉스에서도 새롭게 신발이 출시되어 미쓰코시미도파에서 첫선을 보였다.

이번에는 닉스의 재즈였다.

블루오션의 재즈-II가 닉스와 공동작업을 한 것처럼 재즈-II의 화려한 색감을 접목한 닉스의 신발이었다.

닉스-재즈는 갑피 부분에 신축성 좋은 플라이니트와 가볍고 통기성 좋은 플라이메시 소재를 한꺼번에 접목했다. 또한 쿠셔닝을 돕는 16개의 패드가 발을 유연하게 움직이게 하고 땅바닥과의 충격을 분산시키는 효과를 제공한다.

재즈는 지금껏 닉스에서 나온 신발 중에서 가장 가벼운 신발이었다.

미쓰코시미도파의 매장에는 특별히 오픈 기념으로 1에서 100번까지의 번호가 부여된 신발을 판매했다.

이전처럼 닉스매장에는 상당한 인원이 닉스에서 발매한

재즈를 사기 위해 모여들었다.

많은 행사가 진행되고 있는 미쓰코시미도파의 어떤 매장들보다도 닉스의 매장이 큰 인기를 끌었다.

"정말 닉스의 인기는 대단합니다."

미쓰코시의 대표인 카즈키 마모루가 이 광경을 직접 바라보며 말했다.

일본에서도 시간이 지날수록 꾸준히 닉스의 판매가 늘어나고 있었다.

이미 오사카에 있는 미쓰코시백화점에도 닉스 입점이 결정되어 인테리어 공사가 진행 중이었다.

"늘 새로운 도전을 지향하는 닉스 디자이너들의 힘이 크다고 할 수 있습니다."

"다른 신발에서는 볼 수 없는 과감한 색감과 쿠셔닝 기능이 정말 놀랍습니다."

카즈키 마모루는 신발을 보는 안목이 있었다.

시대를 주도하는 디자인과 새로운 신기능들은 경쟁 회사들보다도 앞서가고 있었다.

닉스 디자인센터의 디자이너들은 그동안 학교에서 배워왔던 획일적인 사고와 막힌 생각들을 모두 버릴 수 있는 환경을 만들어주었다.

엉뚱한 아이디어나 전혀 주제에 걸맞지 않은 디자인을

했다고 해서 다그치지 않았다.

모든 걸 제품으로 이어지는 길을 열어놓았다.

이러한 점은 부산의 제품기술연구소에도 적용되는 말이었다.

그 덕분인지 새로운 신발마다 소비자가 기대한 것 이상의 신발을 내어놓았다.

"닉스의 인기와 명성은 지금보다도 앞으로 더 커질 것입니다."

"하하하! 제가 볼 때도 그럴 것 같습니다. 상하이 지점에도 좋은 제품들을 공급해 주십시오."

"물론입니다. 상하이는 닉스에서도 특별히 생각하고 있습니다."

미쓰코시 상하이지점은 닉스의 중국 진출에 대한 교두보였다. 상하이시에 거주하는 중국인들은 중국의 여느 도시와 달리 상당한 구매력을 보여주고 있었다.

예로부터 이재에 밝은 상하이시민들은 일찍부터 돈을 버는 방법을 연구하고 실행에 옮겨, 적잖은 부를 축적한 사람들이 늘고 있었다.

또한 외국 투자가 빈번하게 이루어지면서 상당한 수의 외국인들이 거주하는 곳이 되었다.

미쓰코시백화점도 이러한 점을 주시했다.

"오늘 시간이 되시면 저녁 식사나 함께하시지요?"

"미안합니다. 회사에 급한 일이 오늘은 힘들겠습니다. 일본으로 돌아가시기 전에 날을 잡도록 하겠습니다."

카즈키 마모루는 미쓰코시미도파에 총괄책임자를 파견하지 않고 한동안은 자신이 일본을 오가면서 직접 챙길 생각이었다.

"그렇게 하십시오."

카즈키 마모루와 만남을 마치고는 나는 곧장 닉스로 향했다.

＊　　　＊　　　＊

나이키의 한국판매권을 가지고 있는 한라모직이 닉스에서 판매 중인 몇몇 신발에 대해서 자신들의 신발 디자인을 도용했다며 서울중앙지방법원에 판매금지가처분을 제출했다.

미국의 나이키 본사는 이러한 한라모직의 행동에 아무런 반응을 보이지 않았다.

하지만 나이키는 한국법원의 결정을 예의 주시하는 분위기였다. 그도 그럴 것이 닉스의 미국 현지판매법인이 마무리되는 단계에 있고 마이클 조던을 앞세운 에어조던의 돌풍이 미국 서부를 넘어 중부지역으로 넘어오고 있었기 때문이다.

닉스는 이미 각 신발의 디자인과 관련된 부분에서 실용신안과 디자인권 그리고 상표권에 대한 권리를 국내외로 진행해 놓았다.

더구나 회사의 법률적인 부분을 책임지고 있는 주현노 변호사를 통하여 발명·상표·디자인 등의 산업재산권에 대한 전문변호사를 영입한 상태였다.

각 회사를 위해서 움직이는 국내 변호사는 2명이었고, 미국에도 루이스 정을 포함한 기업인수합병(M&A)와 관련된 전문변호사까지 포함하여 총 4명의 변호사가 있었다.

웬만한 대기업의 법무관리팀보다 실력이 출중한 변호사들을 고용한 상태였다.

이러한 법적인 대비를 한라모직은 전혀 모르고 있었다.

법원에서 받아든 디자인 도용과 관련된 고소 자료는 한마디로 어이가 없었다.

예전 한라모직에서 닉스의 디자이너를 몰래 빼갔을 때 넘겨받은 불법적인 자료를 바탕으로 디자인 도용을 들고 나온 것이다.

"모든 자료를 전반적으로 검토해 보니 재판도 성립하기 힘든 조건입니다. 알아본 바로는 한라모직에서 제기한 신

그의 말처럼 충분한 시간을 갖고 자료를 검토한 게 아니었다. 정태술 회장에게서 닉스를 다시 한 번 흔들어보라는 지시가 내려와 급하게 처리한 것이다.

이전처럼 핵심직원을 빼 오는 방법은 힘들었다. 그래서 나온 것이 디자인 도용을 이용한 판매중지가처분였다.

한일그룹을 담당하는 변호사가 충분히 가능하다는 말을 믿고 진행한 것이었다.

설마 닉스에서 역으로 디자인 도용으로 소송을 걸 줄은 몰랐다.

"김 부장! 이사를 달고 싶으면 일 처리를 똑바로 해. 이대로 그만두고 싶어?"

김한중 부장은 맡은 업무보다는 위에서 지시가 내려온 불합리한 일들을 처리할 때가 많았다.

동기들보다 진급이 빠른 것도 이러한 점 때문이었다.

"죄송합니다. 회사에 누가 되지 않도록 처리하겠습니다."

"닉스를 시끄럽게 만들라고 했지, 누가 우리 회사를 시끄럽게 하라고 했나? 회장님의 귀에 들어가면 어떻게 되는지 알지?"

박문수의 말뜻을 김한중은 충분히 알았다.

"예. 조용히 무마시키겠습니다."

김한중은 고개를 깊숙이 숙이면서 대답했다. 사실 말은 이렇게 했지만, 속에서는 욕이 치밀었다.

빨리 진행하라는 말만 아니었어도 이렇게까지 되지는 않았을 것이라는 생각 때문이다.

이전 닉스의 직원들을 빼돌릴 때는 일 처리가 깔끔하다는 말을 들었었다.

"알았으니까, 나가 봐."

박문수의 말에 김한중 부장은 사장실을 나왔다.

"시발, 더러워서 해먹겠나. 후! 애들만 아니어도."

올해 고등학교를 올라가는 아들만 아니라면 당장에라도 때려치우고 싶었다.

원래 맡겨진 일보다는 불법적인 일들과 사장의 뒤치다꺼리나 하는 자신에게 회의감이 들 때가 많았다.

회사의 직원들과 동기들도 자신을 존경하는 눈빛이 아닌 기회주의자라는 말을 뒤에서 많이 던졌다.

"후! 어떻게든 이번 건은 잘 처리해야 하는데."

한숨을 내쉬며 자신의 부서로 돌아가는 김한중은 걱정이 많았다.

올해 말 그룹 내 임원 진급 심사가 있었다.

자신을 밀어주는 박문수가 한라모직의 사장이 된 올해가 가능성이 컸다.

김한중은 자신이 맡고 있는 영업 1팀으로 돌아오자마자 자신의 밑에 있는 이정수 과장을 회의실로 조용히 불렀다.

"이 과장, 일 한번 해야겠다."

"닉스의 일이 잘 안 되셨습니까?"

이정수는 조심스럽게 물었다. 김한중의 표정이 좋지 않았기 때문이다.

"그래. 대충 그쪽 업무만 어렵게 하려고 했는데, 너무 쉽게 생각했어. 회사 자체에 전문 변호사까지 있을 줄 누가 알았겠어? 닉스에서 오히려 우리를 디자인 도용으로 걸어 버렸다."

"예? 닉스에 자체 변호사가 있다고요?"

이정수가 생각할 때, 대기업도 아니고 닉스 정도 규모의 회사에 전문 변호사가 있다는 게 상식적으로 이해가 되지 않았다.

"하여간 지금 상황을 만회하려면 이전처럼 그쪽 애들 좀 빼 오자고."

"전 같지 않을 건데요."

"기존 애들 말고 철없는 신입사원들로 해서 작업 좀 해 봐. 닉스디자인센터는 물론이고 다른 부서 직원들한테도 접근해서 흔들어보라고. 그냥 벌집 쑤시듯이 뒤숭숭하게 만들어 버리는 거지."

"한데 왜 위에서는 자꾸 닉스를 신경을 쓰는 건지 모르겠습니다. 인수하려는 것도 아닌 것 같고."

"돈 좀 되던 나이키가 예전 같지 않아서 그래. 이 과장 후배가 닉스에 근무한다고 했지?"

"예, 인사과에서 일하고 있습니다."

"잘됐어. 그 친구부터 시작해."

"후배는 좀 그런데."

"이 일이 안 되면 나랑 같이 사표 써야 해. 그렇고 싶어?"

"그 정도입니까?"

"그래. 이 일만 잘 끝내면 나도 위로 올라가고, 이 과장도 내 자리에 앉는 거야."

"후! 알겠습니다."

잠시 생각을 하던 이정수는 짧은 한숨과 함께 대답했다. 이정수는 이번에 대출을 받아 작은 아파트를 장만했다.

대출금을 갚아나가려면 적어도 6~7년은 회사에 더 머물러야만 했다.

*   *   *

3일 연속 닉스로 출근했다.

"한라모직에서 판매중지가처분를 철회할 테니, 저희가 제기한 디자인도용소송을 철회해 달라는 연락이 왔습니다."

관리 팀의 전창호 과장의 보고였다.

"웃기는 말이네요. 디자인도용소송은 계속 진행할 것입니다. 그렇게 한라모직에 전달하세요."

"예, 그렇게 전하겠습니다."

전창호 과장이 대표실 밖으로 나가자 이번에 새롭게 들어온 두 명의 신입사원들과 이야기를 계속했다.

"집으로 전화가 걸려왔다고요."

"예. 채용되었는지를 물어보고, 지금 받는 월급보다 30%를 더 주겠다는 제안을 했습니다."

"한라모직에서 그랬다는 것이지요?"

"예, 한라모직이라고 했습니다. 그런데 저는 한라모직에 지원한 적이 없는데 저의 신상에 대해서 자세히 알고 있었습니다."

"저도 전화를 건 사람이 저에 대해서 잘 알고 있었습니다. 현재 받고 있는 월급까지도요. 저 또한 한라모직에는 지원서를 내지 않았습니다."

"그래서 회사에서 신상정보가 유출된 것 같다는 생각이 들었다는 것이지요."

"예. 그렇지 않고서는 저에 대한 정보를 얻을 수 없다고 생각합니다."

"저도 그렇게 생각했습니다. 그래서 팀장님한테 바로 말씀드린 것입니다."

두 사람 다 닉스를 들어오기 위해서 다른 기업에는 입사지원을 하지 않은 친구들이었다.

두 사람 모두 디자인센터에 속한 신입사원이었다.

닉스디자인센터는 관련 전공자들 사이에서 들어가고 싶은 직장으로 손꼽히고 있었다.

두 사람 다 상당한 경쟁률을 뚫고 올해 입사했다.

"알겠습니다. 제가 조처를 하겠습니다. 숨기지 않고 말해주어서 감사합니다."

"아닙니다. 저희는 닉스를 떠날 생각이 없습니다. 지금의 회사 생활도 만족하고 있습니다."

"고마운 말입니다. 닉스는 지금보다도 훨씬 더 좋은 회사가 될 것입니다."

두 사람은 내 말에 고개를 끄떡이며 대표실을 나갔다.

나는 곧장 보안 팀의 팀장을 불렀다.

"부르셨습니까?"

보안 팀을 맡고 있는 서재준 대리였다.

"한 달간 닉스를 방문한 사람 중에서 기존 거래처 사람들을 뺀 신규 방문 인물들만 추려서 가져오세요."

방문록에는 본인의 신상과 만나는 인물, 그리고 방문 목적을 적어야만 건물 내부로 들어갈 수 있었다.

"예, 알겠습니다."

서재준이 나가자 나는 인사 팀의 박정환 과장을 호출했다. 외부인이 보안 팀을 뚫고서 내부의 정보를 가져갈 방법은 없었다.

내부에서 신입사원들의 정보가 유출된 것이 분명했다.

"부르셨습니까?"

"신입사원들의 신상 명세는 누가 관리합니까?"

"백승기 대리가 관리하고 있습니다."

"백승기 대리 좀 올라오라고 하세요."

"무슨 일이 있으십니까? 오늘 백승기 대리가 몸이 안 좋다며 월차를 냈습니다."

박정환 과장의 말의 느낌이 좋지 않았다.

"요 며칠 신입사원들의 집으로 집중적으로 전화가 걸려왔는데, 대부분이 한라모직에서 걸려온 전화라고 합니다. 한라모직에서 일을 하면 어떻겠느냐면서요."

박정환 과장은 이전에 한라상사에서 디자인실의 직원들에게 접근했던 일을 알고 있었다.

그로 인해서 디자인실은 적잖은 홍역을 치렀다.

"사실 며칠 전에 백승기 대리가 이직을 생각하고 있다는 뜻을 언뜻 내비쳤습니다. 일을 똑 부러지게 하는 친구라 술

자리를 갖고서 제가 다독거려 설득했다고 생각했습니다. 이런 일이 있을 거라고는 전혀 생각지 못했습니다."

박정환 과장의 말에 확실한 느낌이 들었다.

"지금 당장 백승기 대리에게 전화를 걸어보세요. 만약 내부 자료를 외부로 유출했다면 그에 따른 대가를 치러야 할 것입니다."

"죄송합니다. 바로 연락을 취하겠습니다."

박정환 과장은 부리나케 대표실을 나갔다.

나는 각 부서의 부서장들에게 한라모직이나 한라상사 등 한라그룹과 연관된 회사에서 입사 제의를 받았는지에 대해 알아보게 했다.

각 부서의 기존 직원들은 입사 제의를 받지 않았다고 했지만, 올해 들어온 신입사원들에게는 한 명도 빼지 않고 전화가 걸려왔다.

그중 한 명은 퇴사를 결정한 상태였고, 두 명은 고심 중이었다는 것을 알게 되었다. 또한 인사 팀의 백승기 대리와 친하게 지냈던 시설관리 팀의 정창호 대리도 오늘 사표를 부서장에게 제출한 것이 드러났다.

한라상사에 이어 한라모직이 두 번이나 닉스의 직원들을 대상으로 입사 제의를 한 것이다.

이미 이전에 한라상사의 입사 제의와 관련되어 문제가

있었다는 것을 안 기존 직원들을 대상으로 한 것이 아니라, 이번에는 신입사원이 대상이었다.

한마디로 어처구니가 없었다.

전화 연락이 되지 않는 백승기 대리는 내일까지 해명할 기회를 주고서 퇴사를 결정하기로 했다.

또한 퇴사를 결정한 신입사원은 곧바로 퇴직 처리를 했다. 애사심이 없는 직원은 나 또한 필요 없었다.

보안 팀이 가져온 방문 자료에서 한라모직의 이정수라는 인물이 방문한 것을 알게 되었다.

방문록에는 일일이 신분증을 확인하고 적기 때문에 이름이나 회사명을 속일 수 없었다.

"어떻게 이런 일을 아무렇지 않게 또다시 저지를 수 있는지, 정말 어처구니가 없네요."

디자인센터의 책임자인 정수진 센터장은 기가 찬 표정으로 말했다.

"저도 이번만은 이대로 넘어가지 않을 생각입니다. 센터장님은 디자인실 직원들을 잘 관리해 주십시오."

대기업에서 중소기업의 핵심 인재를 빼가는 일은 비일비재했다. 그걸 제도적으로 막을 방법은 아직 없었다.

애써 키워놓은 전문 인력을 고스란히 빼앗긴 중소기업은 회사 운영에도 큰 차질을 빚었다.

더구나 인재 유출에 따른 손해를 대기업에 따지면 돌아오는 것은 불공정한 보복 행위였다.

"알겠습니다."

닉스의 근무 환경은 대기업과 비교해도 전혀 뒤지지 않았고 오히려 더 뛰어난 면이 많았다.

급여 부분에서도 대기업과 차이가 별로 나지 않았다. 직원들에게 지원되는 각종 지원금을 합하면 비슷한 수준이었다.

"다른 분들도 내부 관리를 잘 부탁하겠습니다. 직원들의 이상 징후가 있으면 부서장님들 선에서 처리하려고 하지 마시고 곧바로 저에게 말씀해 주십시오. 회의는 이만 마치겠습니다."

닉스가 도약을 앞둔 상황에서 이런 불공정한 인재 빼앗기로 견제하는 어리석은 행위는 반드시 그에 대한 대가를 치르게 할 것이다.

닉스는 우선 공정거래위원회와 한라그룹이 속해 있는 전국경제인연합회(전경련)에 진정서를 작성해 제출했다.

한편으로는 서울중앙지법에 주헌노 변호사를 통하여 무분별한 직원 스카우트로 인한 손해배상 청구소송을 제출했다.

또한 안기부의 박영철 차장을 통해서 소개받은 일간지

신문 기자를 통해서 한라상사와 한라모직이 연이어 벌인 닉스의 직원 빼가기에 대한 기사를 신문에 올렸다.

한라그룹의 좋지 않은 불공정 행위에 대해 반감이 있었던 기자였기 때문에 기사는 아주 구체적이었다.

＊　　　＊　　　＊

한라그룹의 정태술 회장은 오전부터 얼굴이 내장산의 물든 단풍처럼 붉으락푸르락한 상태였다.

그가 집어 던진 신문에는 대기업들의 횡포에 대한 기사가 실렸는데, 한라그룹의 계열사들이 행했던 불공정한 관행에 대해 자세히 실려 있었다.

특히나 한라모직이 닉스에게 했던 일이 대표적인 사례로 고스란히 적혀 있었다.

"일 처리를 이따위로 해?"

정태술은 신경질적으로 수화기를 들었다.

"박문수한테 빨리 들어오라고 해."

화가 단단히 난 정태술은 사장이라는 호칭도 빼버렸다.

더구나 공정거래위원회와 전경련에서 한라모직의 무분별한 스카우트를 자제해 달라는 연락까지 해왔다.

그때 회장 비서실장이 회장실로 들어왔다.

"회장님, 닉스에서 손해배상 청구소송이 들어왔습니다."

일부러 한라그룹 본사로 소장을 보냈다.

"뭔 소리야?"

"한라모직이 무분별한 스카우트로 인해 회사의 정상적인 업무 수행과 프로젝트 운영에 심각한 차질을 빚은 것은 물론 스카우트된 직원들이 닉스 재직 중 습득한 지식과 내부 문건을 악용해 영업상의 손해를 유발했다는 취지입니다."

"박문수 이 개새끼가 일을 어떻게 처리한 거야!"

비서실장의 말을 듣자마자 정태술의 입에서 육두문자가 튀어나왔다.

한라모직의 박문수는 회장실에 도착하자마자 40분째 욕을 들어먹으며 앉지도 못했다.

"대가리를 폼으로 달고 다니는 거야? 일이 이 지경이 되도록 넌 뭐 하고 있었어?"

정태술의 성격을 잘 아는 박문수는 핑계나 변명을 대지 않았다. 회사를 맡은 책임자급의 인물이 핑계를 대는 것을 정태술은 용납하지 않았다.

"제가 능력이 부족해서 그렇습니다. 죽을죄를 지었습니다."

연신 고개를 숙이며 용서를 구할 수밖에 없었다.

"그걸 말이라고 하는 거야. 너, 이 신문 읽어봤어? 내 얼굴에 똥칠하는 게 네가 하는 일이야?!"

정태술은 신문을 이리저리 흔들면서 소리쳤다.

"죄송합니다."

박문수는 더 고개를 숙일 뿐이었다.

"아! 정말 내가 이런 것들을 믿고서 사업을 해야 하나. 당장 가서 책임지고 다시는 회사 이름이 신문에 오르내리지 못하게 해!"

정태술은 들고 있던 신문을 박문수에게 집어 던졌다. 옛날 같았으면 정태술에게 정강이를 차였을 것이다.

회장실을 걸어 나오는 박문수의 얼굴 표정이 심하게 일그러져 있었다.

Chapter 13

닉스 인사부의 백승기 대리는 퇴사 처리했다.

본인이 저지른 일이 얼마나 큰일인지도 모르고 반성의 기색이 없어 경찰에 내부문서 유출로 고발 조치했다.

이와 유사한 사태가 벌어지지 않기 위해서도 엄격한 조치가 필요한 상황이었다.

회사를 그만둔 사람은 최종적으로 2명의 신입사원을 포함하여 총 4명이었다.

그들 모두가 지금의 닉스보다는 대기업을 선호한 것이다.

사람들은 회사의 간판이 갖는 위력이 곧 자기 자신의 파워인 것처럼 착각하고 있을 때가 있다.

본인의 갖춘 실력과 인성은 생각지도 않으면서 말이다.

닉스를 떠난 네 사람은 불행하게도 자신들의 생각했던 것과는 달리 한라모직에 입사하지 못했다.

네 사람에게 30% 인상된 월급과 본인이 원하는 부서에서 일하게 해주겠다고 이야기했던 한라모직의 해당 직원은 이번 일로 인해 생산공장으로 전근조처를 당했다.

며칠 뒤 한라모직 관계자는 해당 직원이 개인적으로 벌인 일이며 한라모직과는 전혀 상관없는 일이라고 공식적으로 발표했다.

회사 차원에서는 전혀 이런 일을 진행할 이유가 없다며 발뺌한 것이다.

공정거래위원회에와 전경련에 낸 진정서 또한 한라모직에게 권고하는 차원일 뿐이었다.

말인 즉 어떠한 행정적인 조치가 이루어지는 것은 아니었다.

그나마 신문에 실린 기사가 그나마 한라그룹을 움직이게 만든 역할을 했다.

시리즈형식으로 대기업의 불공정거래에 대한 기사를 쓰

겠다던 신문사는 언제 그랬냐는 듯이 태도를 바꿨고, 더는 그와 관련된 기사가 실리지 않았다.

그 대신 한라그룹 계열사들의 전면광고가 해당 신문사의 광고 지면을 채웠다.

"역시 대기업은 다르네."

신문사도 어쩔 수 없이 이익을 좇는 기업이었다.

하지만 이러한 결과에 씁쓸한 기분을 지울 수가 없었다.

불공정행위에 대한 기사화를 이끌었던 기자는 편집부에서 더는 기사화하지 않겠다는 통보를 받았다는 말을 전해 왔다.

그 이유는 우스웠다.

불명확한 정보로 인해서 국가발전에 이바지하는 기업의 사기를 꺾고 싶지 않다는 논리였다.

한마디로 눈 가리고 아웅 하는 꼴이었다.

많은 중소기업들이 대기업의 횡포와 불공정한 행위에 제대로 대응하지 못하는 이유가 여기에 있었다.

그나마 닉스는 대기업인 한라그룹과의 이해관계도 없었고, 불공정한 일에 대응할 수 있는 체계를 갖추고 있었다.

"한라모직은 소송을 취하했습니다만 저희는 그냥 진행하

겠습니다."

한라모직은 닉스 신발에 제기한 판매중지가처분에 대한 소송을 취하했다.

주현노 변호사 역시 한라모직의 행위에 크게 분노했었다.

"예, 저희가 원하는 결과가 나오지 않더라도 계속 진행하십시오. 불의한 일을 했는데도 아무런 책임을 지지 않는다면 한라그룹은 지금 같은 일을 앞으로도 반복할 것입니다."

"맞는 말씀입니다. 한번 끝까지 가보지요."

주현노 변호사도 나의 말에 동조했다.

사실 한라모직과의 소송은 소득도 없는 지루한 싸움이 될 수 있었다. 하지만 정의를 위해서라도 멈출 수는 없었다.

닉스는 내부문서 유출에 대한 보안을 한층 더 강화했다.

아직 개인정보와 관련된 인식이 부족한 상태에서 닉스는 개인신상정보를 다루는 인물들만 아니라 전 직원을 대상으로 정보 유출에 관한 교육을 강화했고 회사 내부의 정보유출에 따른 법적인 처벌 조항도 마련했다.

직원들 모두가 새로운 회사조항에 대해 이해를 했고 유출책임에 따르는 새로운 계약서에 서명했다.

이러한 조치는 닉스뿐만이 아니라 도시락과 블루오션, 그리고 명성전자까지 확대했다.

연구개발을 중점적으로 진행하는 블루오션에는 경비 인력을 별도로 채용했다.

한라모직으로 인해서 보안과 관련된 비용이 회사별로 추가로 발생했지만, 이와 같은 일이 앞으로 재발하는 것보다는 지금 들어가는 비용이 저렴할 수 있다는 계산이 있었다.

*   *   *

한라모직의 김한중 부장은 경위서 제출과 감봉 3개월에 처했다. 그리고 이정수 과장은 지금의 일과 전혀 상관없는 생산공장으로 문책성 발령이 났다.

"부장님, 이건 아니지 않습니까? 실컷 부려 먹고는 일이 제대로 안 됐다고 팽해 버리면 누가 일을 하겠습니까? 그럼 회사를 그만둔 후배라도 입사시켜 주던가요."

내일 공장으로 내려가는 이정수는 김한중을 앞에 두고 하소연을 하고 있었다.

"나도 회사가 이렇게 나올 줄 몰랐어. 정말 미안하다."

김한중 부장은 이정수의 빈 술잔에 술을 따라주며 말했다.

"부장님, 지금 미안하다고 될 일이 아니잖아요. 전 지금 가족하고 생이별을 해야 합니다. 제가 공장에 가서 뭘 하겠습니까?"

답답함과 억울함을 토로했지만, 김한중은 이정수라는 희생양이 없으면 지금의 자리를 보존할 수 없었다.

만약 이정수가 가지 않으면 그가 대신 공장에 가야만 했다.

"6개월만 버텨봐. 내가 무슨 수를 쓰더라도 서울로 다시 올릴 테니까. 지금은 상황이 최악이야."

김한중은 한라모직의 사장인 박문수에게 불려가 평생 들었을 욕을 먹었다.

당장 사표를 제출하라는 말에 김한중은 무릎을 꿇었다.

"시발! 정말 이런 시다발이도 없을 것입니다. 회사에서 시키면 시키는 대로 다 했는데, 결국 쓰레기처럼 버려지네요. 세상 정말 좆같습니다."

김한중은 이정수의 말을 안주 삼아 소주를 삼킬 뿐이었다.

그도 사실 이정수에게 어떤 약속도 해줄 수 없었다. 자신도 이번 일로 눈 밖에 났기 때문이다.

틀어진 일을 만회하려는 욕심이 화를 불러온 것이다.

'좆같기 때문에 어떻게든 위로 올라가려는 거야.'

김한중은 빈 소주잔에 직접 소주를 따르고는 연거푸 입 안으로 털어 넣었다.

지금은 잠시 쉬었다 가는 것이라 자위할 뿐이었다.

대산그룹의 이대수 회장은 정용수 비서실장에게서 한라모직이 진행했던 일을 보고받았다.

이전에 한라그룹의 정태술 회장과 가진 술자리에서 젊은 강태수의 경영 능력을 가늠하고 싶다는 말이 흘러나왔었다.

술기운이 올라왔던 정태술 회장이 호기 있게 나서며 자신이 한번 평가해 보겠다는 말을 했었다.

어떤 방법을 쓸지는 이야기를 하지 않았지만.

"후후! 그 양반 혈압깨나 받았겠군."

"회장님이 말씀하신 대로 보통 인물이 아닙니다. 주변에서 강태수를 도와주는 인물이 있는 것 같습니다."

"후견인이라도 있단 말이냐?"

"예, 일을 처리하는 능력이나 대응 방법이 아주 노련했습니다. 여론을 움직이는 것도 능숙했습니다. 그 나이에는 할 수 없는 일입니다."

"음, 그럴 수도 있겠군. 그건 그렇고, 중호 자리는 어디로 정했나?"

"예, 대산식품의 영업부에 배치했습니다. 신규업체를 발굴하는 일부터 시작할 것입니다."

"그래, 잘했어. 그쪽 일이 만만치가 않지."

이대수는 만족한 표정을 지었다.

원래 이대수가 갖고 있던 계획은 이중호가 서울대를 졸업하면 곧장 미국의 명문대로 유학을 보낼 생각이었다.

하지만 강태수가 이대수 앞에 나타나는 순간 그의 생각이 바뀌었다.

"강의가 있는 날을 뺀, 3일만 출근이 이루어질 것입니다."

"그래. 정 실장은 중호가 잘 해낼 것 같나?"

"처음에는 좀 힘들겠지만 잘 해낼 것입니다."

"그래야지. 그래야 내 자리를 넘겨받을 수 있어. 계속해서 강태수의 행보를 지켜봐."

"예, 알겠습니다."

정용수가 인사를 하고는 회장실을 나갔다.

'무척 힘들 거야. 하지만 단련하지 않으면 강태수 같은

인물에게 밀릴 수밖에 없어.'

창밖으로 보이는 높은 빌딩들을 바라보는 이대수 회장의 눈빛에는 의지가 담겨 있었다.

"온실에서 키워서일까? 중호는 야망과 투쟁심이 부족해."

인간이 가진 욕망이나 야망, 그리고 기대는 인간 본성의 일부이며 또한 대부분 삶의 근거를 이루고 있다.

그것이 문명의 발전을 이어왔고, 세상을 움직이는 원동력이 되고 있었다.

이대수는 강태수의 지금까지의 행보를 살피는 와중에 대한민국의 누구보다도 강렬한 야망과 투쟁심을 읽어냈다.

지금까지 자기 아들인 이중호는 잘해주고 있었다. 그러나 그건 만으로는 불가사의한 괴물 같은 능력을 보여주는 강태수를 넘을 수 없었다.

아니, 넘어서지 않아도 되었다.

자신이 이루어놓은 대산그룹을 잘 이끌어간다면 강태수와 아주 재미있는 승부를 볼 수 있었다.

좋은 경쟁은 언제나 한 단계 높은 영역으로 인간을 이끌어준다.

이대수 회장은 강태수를 표본 삼아 이중호를 이끌어 갈

계획이었다.

*　　　*　　　*

닉스의 문제를 해결한 후 나는 잠시 한숨을 돌릴 수 있었다.

"내일모레 또 외국으로 나가는 거야?"

가인이가 마당에서 저녁을 먹으면서 물었다.

"웅, 상황이 또 그렇게 됐네."

"오빠, 좀 쉬어야 하는 거 아냐?"

예인이가 걱정스러운 눈빛으로 말했다.

"나가서는 좀 쉴 수 있을 거야."

솔직히 대산그룹의 움직임만 아니었어도 이번 달에는 굳이 러시아와 중국으로 나갈 이유가 없었다.

"후! 걱정이다. 건강은 잘 챙겨야 해."

가인이가 한숨을 쉬며 말했다.

가인이는 나를 따라나서고 싶어 했다. 하지만 예인이를 혼자 두고서는 떠날 수가 없었다.

"걱정하지 마. 오빠가 뭐 사오십 대도 아니고."

솔직히 말하고도 조금 쑥스러웠다.

"오빠는 잘할 거야. 내가 알고 있는 사람 중에서 오빠는 가장 지혜로운 사람이잖아."

예인이는 엄지를 치켜들면서 말했다.

"두 사람 다 걱정하지 말고 기다리고 있어. 오빠가 돌아올 때 멋진 선물을 사올 테니까."

그나마 함께하고 싶어 하는 가인이와 예인이에게 해줄 수 있는 것은 국내에서 살 수 없는 선물을 사오는 거였다.

"이번에는 정말 기대한다."

"알았어, 오빠."

두 사람 다 명쾌하게 대답했다.

"그래, 기대해 봐."

그때였다.

"뭘 기대하는데?"

누군가 대문을 열고서는 성큼성큼 들어오면서 말을 건넸다.

세 사람 다 말소리가 들려온 쪽으로 몸을 돌렸다.

그는 다름 아닌 송 관장이었다.

"아빠!"

"아… 아빠!"

가인이와 예인이는 자리에서 일어나 곧장 송 관장의 품으로 달려갔다.

송 관장이 한국으로 돌아온다는 연락은 없었기에 더 갑

작스러웠다.

"이야! 우리 딸들이 이제 숙녀가 다 되었네."

검게 탄 얼굴 위로 밝은 미소가 서려 있는 송 관장의 표정에는 기쁨이 넘쳐 나고 있었다.

『변혁 1990』16권에 계속…

초대형 24시 만화방

신간 100%, 샤워실, 흡연실, 수면실(침대석), 커플석, 세탁기 완비

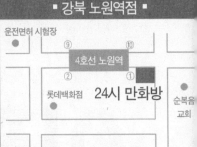
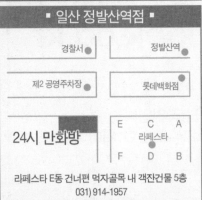
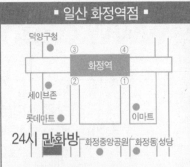
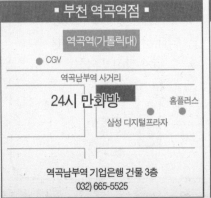
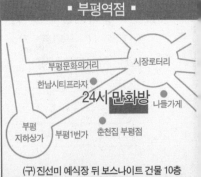

현대 소환술사

THE MODERN SUMMONER

FUSION FANTASTIC STORY

현윤 퓨전 판타지 소설

하늘이 무너져도 솟아날 구멍은 있다!

드래곤의 실험으로 모진 고난을 겪어야 했던 레비로식
우여곡절 끝에 소환술사가 되어 최강의 자리에 오르지만
운명은 그를 나락으로 떨어뜨린다.

『현대 소환술사』

다시 한 번 주어진 삶!
그러나 그마저도 암울하기 그지없는데……

소환술사 레비로스의
인생 역전이 시작된다!

Book Publishing CHUNGEORAM

유행이 아닌 자유추구
WWW.chungeoram.com

가프 장편 소설

관상왕의
1번룸

FUSION FANTASTIC STORY

거대한 도시의 그늘에서 벌어지는
짜릿하고 통쾌한 이야기!

『관상왕의 1번룸』

텐프로의 진상 처리 담당, 홍 부장.
절망적인 삶의 끝에서 만난 남국의 바다는
그를 새로운 인생으로 인도하는데……

쾌락을 원하는 거부, 성공에 목마른 사업가,
그리고 실패로 절망한 사람들이여.

여기, 관상왕의 1번룸으로 오라!

Book Publishing CHUNGEORAM

FUSION FANTASTIC STORY

미더라 장편 소설

ODD LAWYER

Devil's Balance

괴짜 변호사
악마의 저울

『즐거운 인생』 미더라 작가의
2015년 대작!

현직 변호사, 형사, 프로파일러, 범죄심리학 전문가 자문으로
현장의 생생함을 그대로 담아낸 현대 판타지!

『괴짜 변호사 : 악마의 저울』

"제가 왜 한 번도 패소한 적이 없는 줄 아십니까?"

"……"

"저는 법으로만 싸우지 않거든요."

법의 칼날 위에서 춤추는 자들과의
치열한 공방이 펼쳐진다!

Book Publishing CHUNGEORAM

유행이 아닌 자유추구 -
WWW. chungeoram.com

월야환담

채월야 · 홍정훈 장편 소설